追撃

不敵刑事（デカ）

南　英男

Minami Hideo

文芸社文庫

目次

第一章　怪しい報復代行

1

闇（やみ）の一点が明るんだ。

銃口炎（マズル・フラッシュ）だった。銃声は聞こえなかった。

六本木にある飲食店ビルを出た直後だった。六月中旬のある夜だ。十時半を回っていた。

土門岳人（どもんがくと）は、とっさに身を屈（かが）めた。

風圧に似た衝撃波が耳許（みみもと）を掠（かす）める。放たれた銃弾は飲食店ビルの外壁を浅く穿（うが）ち、大きく跳（は）ねた。跳弾（ちょうだん）は舗道に落ちた。

土門は目を凝（こ）らした。

車道の向こうに、東門会（とうもんかい）の若い構成員が立っていた。塚原（つかはら）という名だったか。二十六、七歳だろう。

東門会は、赤坂一帯を縄張りにしている暴力団だ。構成員は二千人近い。

塚原が何か大声で喚（わめ）きながら、車道を横切った。消音器を嚙（か）ませた自動拳銃を両手で保持している。へっぴり腰だった。

土門はショルダーホルスターからシグ・ザウエルＰ230ＪＰを引き抜き、手早くスライドを滑らせた。弾倉（マガジン）には六発装塡してある。

「死にやがれ」

塚原が路肩（ろかた）の手前で立ち止まり、憎々しげに言った。右手の人差し指は引き金（トリガー）に深く巻きついている。三メートルも離れていない。危険だ。

土門は先に発砲した。

重い轟音（ごうおん）が夜気（やき）を劈（つんざ）いた。狙ったのは、相手の右脚（みぎあし）だった。的（まと）は外さなかった。

塚原が短く呻（うめ）き、横倒しに転がった。

土門は拳銃を握ったまま、塚原に駆け寄った。相手の脇腹を蹴（け）り込んでから、凶器を取り上げる。ワルサーＰ５だった。ドイツ製の高性能拳銃だ。

「会長の権藤（ごんどう）がおれの命奪（タマと）ってこいって言ったのかっ」

土門はワルサーＰ５の安全装置を掛け、ベルトの下に差し込んだ。シグ・ザウエルＰ230ＪＰもホルスターに戻す。

塚原は唸（うな）るだけで、返事をしない。

「一度死んでみるか。正当防衛ってことで、おまえを射殺することもできるんだ」

「やめろ！　もう撃かねえでくれーっ」

「会長に命じられたんだな？」

「そうじゃねえよ。おれが独断で、あんたを殺ろうと思ったんだ。あんたのやり方が気に喰わなかったんでな」

「どこが気に喰わなかった？」

　土門は訊き返した。

「あんたは広瀬の兄貴の犯行には目をつぶってやると五百万も貰っておきながら、約束を守らなかったじゃねえか」

「おれが広瀬から銭を貰ったたって？　何か証拠でもあるのかっ」

「汚え野郎だ。おれは、あんたが五百万を受け取ったとこをこの目で見てる。そのとき、あんたは広瀬の兄貴に事件は揉み消してやるって約束したじゃねえか」

「おまえ、夢でも見たんじゃないか。おれは刑事だぜ。殺人事件の加害者と裏取引なんかするわけねえだろうが」

「ふざけんな。あんたは広瀬の兄貴が逮捕られると、姐さんまで寝盗りやがった。あんたは外道だっ」

「おれは、友紀の相談に乗ってやってるだけだ。内縁の夫が五年以上も娑婆に戻ってこれねえわけだから、何かと心細いだろうからな」

「もっともらしいことを言いやがって。くそったれめ！」

塚原が右の太腿を押さえながら、体を丸めた。白っぽいスラックスには鮮血がにじんでいる。

いつの間にか、野次馬が遠巻きにたたずんでいた。

夥しい数だった。パトカーのサイレンの音も遠くから響いてくる。さきほどの銃声を耳にした者が一一〇番通報したのだろう。

「もう一度おれに銃口を向けやがったら、てめえの頭をミンチにしちまうぞ」

土門は塚原に言い捨て、人垣を掻き分けた。すると、板前と思われる短髪の中年男が土門の片腕をむんずと摑んだ。

「おい、逃げる気なのかっ。きさまは人を撃ったんだぞ」

「だから、何なんだい？」

「きさまを警察に引き渡す」

「正当防衛だよ。おれは刑事なんだ」

土門は中年男の腕を振り払って、麻の黒いジャケットの内ポケットからＦＢＩ型の警察手帳を抓み出した。

相手が驚き、ばつ悪げに目を伏せた。

「ヤー公と思われたらしいな」

土門は苦笑し、野次馬から遠ざかった。いったん裏通りに入ってから、六本木通りに足を向ける。

三十七歳の土門は、警視庁組織犯罪対策部第四課の暴力団係刑事である。丸刈りで、百八十二センチの巨身だ。大学時代にレスリングで鍛え上げた体躯は、いまも筋骨隆々としている。

眼光は鷲のように鋭い。黙っていても、他人に威圧感を与える。武闘派やくざも土門には一目置いていた。土門は警部補だが、まだ主任にもなっていない。出世が遅れているのは、それなりの理由があった。

土門はきわめて凶暴な性格で、まるで協調性がない。警察は階級社会だが、彼は上司に平気で楯つく。命令を無視し、時には悪態もついている。

職場では、まさに傍若無人だった。

だが、土門を咎める上司はひとりもいなかった。彼は警察官僚たちの不正や醜聞の証拠を握っていた。それは無敵の切札だった。

警察は法の番人であるべきだが、さまざまな不正や犯罪がはびこっている。大物政財界人の圧力に屈することは日常茶飯事だし、警察官たちの不祥事も絶えない。それを裏付けるように毎年、百人前後の現職警察官が懲戒処分になっている。懲戒免職者は十人近かった。

スピード違反や交通事故の揉み消しは数え切れない。暴力団や風俗営業店に手入れの情報を流し、その見返りに金品を受け取っている刑事もかなりの数にのぼる。

その気になれば、内部告発の材料は身近にいくらでも転がっている。

しかし、警察内部の腐敗ぶりを糾弾する者は皆無に等しい。青臭い正義感に駆られて内部告発などしたら、職場から追放されることになる。最悪の場合は、再就職活動も妨害されるだろう。

土門も三十代の前半までは、〝飼い馴らされた羊〟だった。人並の出世欲を棄てられなかったせいだ。

だが、ある事件がきっかけで人生観は大きく変わった。

土門は四谷署刑事課勤務時代に誤認逮捕の責任を信頼していた上司に全面的に負わされ、青梅署に飛ばされてしまった。ショックだった。土門は人間不信に陥り、大いに苦悩した。

中堅私大出身のノンキャリア刑事の失点は致命的である。

たとえ昇任試験に合格して警部の職階を得ても、もはや出世は望めない。せいぜい頑張っても、小さな所轄署の課長止まりだろう。

警察は軍隊と同じで位が高くないと、いい思いはできない。職階が低い場合は、しばしば理不尽な目に遭う。

魂を抜かれたような人生は虚しい。男として情けないし、不本意でもある。

ならば、腐り切った警察社会で図太く強かに生きるべきではないか。そんな思いが日ごとに増し、土門は敢えてアナーキーな生き方を選んだのである。

二十九万七千人の警察組織を支配しているのは、六百数十人の有資格者だ。その大半は東大出身者である。ひと握りの超エリートたちが、絶大な権力を有しているわけだ。彼らは、侵すべからざる存在と言ってもいいだろう。

だが、キャリアたちも所詮は人の子である。それぞれが他人には知られたくない秘密を持ち、弱点もあるにちがいない。

土門はそう考え、非番の日に警察官僚たちの私生活を探りはじめた。

超エリートたちは信じられないほど無防備だった。自分たちが権力を握っているという思い上がりがあるからだろう。

土門は、やすやすとキャリアたちの弱みを押さえることができた。大物政治家から小遣いを貰って、若い愛人を囲っている者はひとりや二人ではなかった。

それだけではない。ある警視正は、利権右翼の親玉から別荘を超安値で譲り受けていた。なんと相場の三十分の一の値だった。

別の警視は、息子を有名医大に裏口入学させていた。その工作資金を用立てたのは、急成長中の警備保障会社の社長だった。

妻を民間会社の非常勤役員にして、ちゃっかり副収入を得ているキャリアも幾人かいた。

警察官僚といっても、俸給はさほど高額ではなかった。贅沢な暮らしをするには、そうした不正に走らざるを得ない。

土門は超エリートたちの不正やスキャンダルの証拠を携え、警視庁の副総監室を訪ねた。

平岡文隆副総監も、もちろんキャリアのひとりだ。有資格者たちの団結力は強い。互いを庇い合う体質なのである。

平岡副総監は苦り切った顔で、土門の要求を訊いた。土門は、青梅署の職務には熱心になれないとだけ告げた。副総監は黙って胸を叩いた。

その翌月、土門は本庁組織犯罪対策部第四課に転属になった。青梅署には一年半もいなかった。異例の人事異動だった。

略称組対部は主に暴力団絡みの殺人、傷害、暴行、恐喝、放火などの捜査を担当している。花形セクションの捜査一課に潜り込むことも可能だっただろう。しかし、別に不満はなかった。

凶悪な殺人犯に手錠を打っても、なんの得もない。だが、暴力団係には役得がある。

袖の下を使われることが多く、小遣いには不自由しない。只酒は飲めるし、女の世話もしてもらえる。その上、足のつかない銃刀も入手可能だ。悪党に徹してしまえば、いいことずくめである。

本庁勤務になって、はや五年が過ぎた。

だが、鼻抓み者の土門には職務らしい職務は与えられていない。弱みを握られたキャリアたちは彼が退屈な日々に耐えられなくなって、自ら依願退職するのを待つ肚なのだろう。

土門は職場で完全に孤立していた。

本部庁舎の六階にある組対部第四課の大部屋に顔を出しても、課長の戸張誠次は土門と目を合わせようとしない。七十数人の同僚刑事たちも明らかに土門を避けている。職務の伝達のほかは誰も話しかけてこなかった。

刑事は原則として、ペアで聞き込みや張り込みに当たる。

しかし、土門はいつも独歩行だった。気が向けば、関心のある事件に首を突っ込む。だが、そういうこともめったになかった。ふだんは情報収集と称して、遊び回っていた。

土門は酒と女に目がない。両国で生まれ育った彼は、宵越しの銭は持たない主義だった。

安い俸給は、たいがい一週間で遣い果たしてしまう。夜ごと高級クラブを飲み歩き、一流ホテルに泊まっている。

土門は住所不定だった。

シティホテルを塒にし、衣類などはマンション型トランクルームに預けてあった。車も所有していない。無断で他人の車を乗り回したり、タクシーを利用していた。

まだ独身である。土門は精力絶倫だった。毎晩女を抱かないと、寝つきが悪い。高級娼婦や尻軽なクラブホステスと戯れる夜が多かった。二日も柔肌に触れないと、鼻血がどっと出る。

懐が淋しくなっても、なんの不安もない。

どこかの組事務所に立ち寄れば、さりげなく車代を渡される。手渡された封筒には、最低でも三十万円は入っている。

土門は裏社会の顔役たちの弱みを押さえていた。

筋者たちにとっても、彼は疫病神だった。しかし、土門に逆らう者はいなかった。彼は怒り狂うと、手がつけられないからだ。やくざでも被疑者でも情け容赦なく痛めつける。

怒声は、めったに張り上げない。蕩けるような笑みを浮かべながら、無言で相手を半殺しにしてしまう。

それだけに一層、気味悪がられるのだろう。土門は職場でも〃不敵刑事(デカ)〃と恐れられていた。

塚原がまた襲ってきたら、今度は殺(や)っちまおう。

土門は胸底(きょうてい)で呟(つぶや)き、歩度(ほど)を速めた。

東門会の幹部の広瀬淳也(じゅんや)が関西系の企業舎弟の社長を射殺したのは、この二月上旬のことだった。双方は倒産した製菓会社の整理を巡って、去年の初冬から対立していた。

広瀬はもう四十過ぎだが、血の気が多い。大阪の極道に面子(メンツ)を潰(つぶ)され、衝動的に相手の頭部を撃ち抜いてしまったのだ。たまたま土門は事件現場に居合わせた。

広瀬は土門を東門会の事務所に連れ込み、五百万円の現金を差し出した。事件の揉み消しの謝礼だった。

土門は五百万円を受け取った翌日、戸張課長に広瀬の犯行を教えた。広瀬はその日のうちに逮捕され、およそ一カ月後に五年七カ月の実刑判決を受けた。現在、府中刑務所で服役中である。

当然のことながら、広瀬は刑事や検事に土門に事件の揉み消しを頼んだことを洩(も)らした。しかし、その事実は供述書からそっくり削除された。

平岡副総監が裏から手を回したのは間違いない。現職刑事が揉み消し料を貰ったことが公になったら、警察の威信は崩れてしまう。

戸張課長に広瀬の犯行を密告したのは別段、点数を稼ぎたくなったからではない。土門は、広瀬の内縁の妻である友紀を独占したくなったのだ。

二十六歳の友紀は、東門会の息のかかった芸能プロダクションの有能なマネージャーだった。どこか儚げな美女だが、隠花植物めいた妖しさも漂わせていた。

広瀬がそんな友紀を一年前に口説き、内縁の妻にしたのである。女好きの土門は広瀬が身柄を東京拘置所に収監された日、友紀を力ずくで犯した。

バックハンドで横っ面を張ると、彼女は怯えるどころか、急に生き生きとしはじめた。

両手に手錠を掛けると、杏子の形をした眼の奥で淫靡な光が揺れた。砲弾を想わせる乳房を乱暴に捩ると、彼女ははっきりと喜色を示した。

友紀が真性のマゾヒストであることは、すぐにわかった。

土門は少し戸惑いを覚えた。同時に、ある種の新鮮さを味わえた。ちょうどありきたりのセックスに倦みはじめたころだったからか。

軽く嬲っただけで、友紀は体の芯をしとどに潤ませた。あふれた愛液は会陰部まで濡らした。媚態も見せた。なんとも煽情的だった。

土門は友紀に乞われるままに、女体をいたぶった。ことさら卑猥な言葉も浴びせた。

そのたびに友紀は鋭く反応した。しどけない痴態は、男の欲情をそそった。戯れのつもりだったが、いつしか土門は歪んだ歓びを覚えるようになっていた。心の奥底で眠っていた加虐的な性癖がめざめたのだろう。

それ以来、土門はたびたび友紀のマンションを訪れ、SMプレイを愉しんでいる。友紀は中学生のときに継父から性的な虐待を受け、次第に被虐的な悦びを感じるようになったらしい。

いまではオーソドックスな性交では極みに達せないという。服役中の広瀬はノーマルだったらしいが、いつからか、サディズムの虜になってしまったという話だ。

数分歩くと、六本木通りに出た。

土門はタクシーを拾い、恵比寿に向かった。友紀の住むマンションは、JR恵比寿駅の近くにある。恵比寿南二丁目だ。

土門は私物のスマートフォンを使って、友紀に電話をかけた。

「おれだよ。何してた？」

「お風呂から上がって、ボディーローションを塗ってたとこよ」

「それじゃ、まだ素っ裸なんだな？」

「ええ、そう」

「いま、おまえのマンションに向かってる。二十分そこそこで着くだろう。裸のままで待ってろ」

「えっ、裸で⁉」

「そうだ。言われた通りにしないと、拳骨でぶん殴るぞ」

「ええ、いいわよ。なんだかぞくぞくしてきたわ」

「変態女め」

「もっと言葉でいじめて」

友紀が声を弾ませた。

「おまえは盛りのついた牝猫だ。この世から男がいなくなったら、あそこにバナナでも突っ込みそうだな。どうなんだ？」

「バイブレーターを入れちゃうかもしれないわね。うふふ」

「スケベ女だな、おまえは。おれが着く前に股を濡らしてたら、鞭で千回叩くぞ」

「いいわよ。やだ、なんか感じてきちゃった」

「素っ裸で、おれを迎えるんだぞ。いいな！」

土門は言って、スマートフォンを懐に戻した。そのとき、五十年配の運転手が口を開いた。

「お客さん、これからＳＭクラブのＭ嬢とお娯しみなんですね」

「いや、相手はヤー公の情婦だよ。彼氏が刑務所に入ってるんで、おれがベッドパートナーを務めてやってるんだ」

「お客さんも、その筋の方なんでしょ?」

「おれは地方公務員さ」

「そうだとしたら、いい度胸してますね。やくざの情婦に手を出しちゃったんだから」

「捨て身になりゃ、なんだってできるもんさ」

土門は口を結んだ。タクシードライバーがルームミラーを覗き、まじまじと土門の顔を見た。怪物を見るような目つきだった。

やがて、目的のマンションに着いた。

土門は料金を払って、九階建ての賃貸マンションのエントランスロビーに入った。オートロック・システムではない。管理人室もなかった。

土門はエレベーターで七階に上がり、七〇一号室のインターフォンを鳴らした。すぐに友紀の声で応答があり、アイボリーのドアが開けられた。友紀は素肌の上に胸当てのあるデニム地のエプロンをしていた。

土門は室内に入るなり、友紀を突き倒した。友紀は尻餅をついた。股間が露になった。

「なんでエプロンなんかつけてるんだっ」

「素っ裸じゃ、恥ずかしいもの」

「口答えするな。四つん這いになれ！　奥の寝室まで這っていくんだ」

土門は靴を脱ぐと、友紀の肩を軽く蹴った。

友紀が獣の姿勢をとった。形のいいヒップは白く輝いていた。友紀が這い進みはじめた。土門はにたつきながら、友紀を追った。

間取りは2LDKだ。リビングの右側に十畳の寝室がある。ダブルベッドの上には、鞭、鎖、麻縄の束、紙鋏、剣山、千枚通し、鮫皮、バイブレーター、ピンクローターなどが載っていた。

「誰が責め具を用意しろと言った？」

土門は芝居っ気たっぷりに怒鳴り、友紀の背中を踏みつけた。

「ごめんなさい。わたし、早くあなたに嬲ってもらいたかったから……」

「悪いと思ってるんだったら、おれの蒸れた足の指をしゃぶれ」

「は、はい」

友紀がうずくまり、土門の靴下を脱がせた。それから彼女は片足ずつ浮かせ、汚れた足の指を舐めた。

うっとりとした表情だった。瞳には紗がかかっている。友紀は、指の股にも舌の先を伸ばした。

「もういい。エプロンを取って、床に仰向けになれ」

　土門はそう命じて、ベッドに浅く腰かけた。友紀は素直に従った。熟(う)れた裸身が眩(まばゆ)い。

「わたしに何をさせる気なの？」

「おれの目の前で、自分を慰(なぐさ)めろ」

「そ、そんな恥ずかしいことはできないわ」

「やらなかったら、おまえを裸のまま表通りに放置することになるぞ。それとも、鮫皮で大事なとこを擦(こす)ってほしいか。え？」

「やるわ」

　友紀が片手で豊かな胸を交互にまさぐり、もう一方の手で艶(つや)やかな黒々とした飾り毛を梳(す)きはじめた。和毛(にこげ)は絹糸のように細い。

「感じる場所はそこじゃないだろうが」

「ええ、でも……」

「牝猫が気取るな。上品ぶってやがると、尻(けつ)の穴にバイブを突っ込むぞ」

　土門は下卑(げび)た言葉で友紀の官能を煽(あお)った。

　友紀が何か意味不明な言葉を呟き、赤くくすんだ縦筋(たてすじ)を指先でなぞった。膨(ふく)らみを増した二枚のフリルは、わずかに笑み割れていた。

「花びらを拡(ひろ)げろ。奥をよく見てもらいてえんだろ？　おい、女の大事なとこを俗語で言ってみろ」

「い、言えないわ。わたしをいじめないで。ううん、もっといじめて！」

友紀は矛盾したことを口走り、二本の指で合わせ目を開いた。襞(ひだ)の奥には、透明な体液が溜まっている。

「広瀬に姦(や)られたときのことを思い出してやがるんだな。奴は、そこを犬みたいに舐(な)め回したんじゃないのか。え？」

「いや、広瀬の話はしないで」

「広瀬は、どんなふうに責めてくれたんだ？」

「お願いだから、あんまりいじめないで」

友紀が喘(あえ)ぎ声で言い、痼(しこ)った肉の芽を二本の指で愛撫しはじめた。

左手は乳首を弄(もてあそ)んでいる。喘ぎ声は、ほどなく淫(みだ)らな呻き声に変わった。

「おい、いくなよ。いったら、おまえの下の毛を剃(そ)っちまうぞ」

「恥ずかしいわ。でも、見られてると、とっても感じちゃうの。あっ……」

「勝手にいかせねえ」

土門は両腕で友紀を抱き上げると、ダブルベッドの上に投げ落とした。ベッドマットが大きく弾む。

土門は麻縄で友紀を亀甲縛(きっこうしば)りにすると、性器に薄紫色のバイブレーターを押し入れた。なんの抵抗もなく奥まで収まった。

土門はグロテスクな性具のスイッチを入れ、千枚通しを握った。

「よがり声をあげて腰を動かしたら、こいつでつつくからな」

「無理を言わないで」

友紀が上擦った声で言い、腰をくねらせはじめた。眉根は寄せられ、口は半開きだった。

エクスタシーの前兆がうかがえると、土門は素早くバイブレーターのスイッチを切った。そして、千枚通しで白い肌を軽く突いた。

同じことを何度も繰り返すと、友紀が恨みがましく言った。

「こんなの残酷よ」

「そんなにいきてえのか？」

「ええ、もう限界よ」

「なら、おれのシンボルをしゃぶりながら、昇り詰めな」

土門はバイブレーターのスイッチを入れると、枕元に回り込んだ。

友紀が顔を横にした。土門は勃起した男根を摑み出した。次の瞬間、友紀がせっかちに土門をくわえ込んだ。

巧みな舌技がひとしきりつづく。男の体を識り抜いた口唇愛撫だ。

土門は一段と猛った。友紀はバイブレーターを内腿で挟みつけ、腰を切なげにくねらせている。

「いきたきゃ、いけよ」

土門は冷ややかに言った。

数秒後、友紀が沸点に達した。裸身をリズミカルに震わせながら、彼女は喉の奥で唸りつづけた。

今度は、こちらが娯しむ番だ。土門は腰を引き、友紀の足許に回り込んだ。バイブレーターのスイッチを切り、ベッドの下に投げ捨てた。

土門は友紀の尻を両手で浮かせ、荒っぽく体を繋いだ。

2

枕許でスマートフォンが鳴った。

土門は眠りを解かれた。赤坂西急ホテルの一室である。

友紀のマンションから戻ったのは明け方だった。土門は上着と靴下を脱ぐと、そのままベッドに潜り込んだ。過激なＳＭプレイで疲れていた。

一分も経たないうちに眠りに落ちた。そのまま一度も目を覚まさなかった。

土門はベッドに横たわったまま、ナイトテーブルの上のスマートフォンを掴み上げた。

ディスプレイを見る。発信者は久世沙里奈だった。

二十七歳の沙里奈は、フリージャーナリストだ。二年前まで夕刊紙の事件記者だった。いまはゴシップ・ライターとして、主に著名人たちの知られざる素顔を暴いている。昔流に言えば、女トップ屋だ。

「よう、スキャンダル・ハンター！」

土門は先に口を開いた。

「そういう言い方はやめてくれない？　まるでわたしがブラックジャーナリストみたいじゃないの。わたしはまともな週刊誌や月刊誌に寄稿してるのよ」

「他人の醜聞で喰ってるわけだから、スキャンダル・ハンターじゃねえか。それに、ちょっとは危いこともしてるんだろ？」

「危いことって？」

沙里奈が問い返した。

「たまにはスキャンダルを記事にするぞって取材相手を脅して、口止め料をせしめてるんだろうが？」

「人聞きの悪いことを言わないでちょうだい。これでも、原稿料でちゃんと食べてるんだから」

「いっぱしのことを言ってるが、署名記事を書いてるのはゴシップ雑誌だけじゃねえか」

「いろんな雑誌に無署名原稿を書いてるのよ。それからファッション雑誌のモデルも時々、やってるの。だから、食べていけるのよ」

「モデルの仕事は信じてやらあ。おまえさんは飛び切りの美人だし、プロポーションも抜群だからな」

「ヨイショしても何も出ないのに」

「わかってらあ。それにしても、沙里奈はいい女だよ」

土門は言って、溜息(ためいき)をついた。彼は沙里奈が夕刊紙の記者だったころから、密(ひそ)やかな恋情を寄せていた。だが、熱い想(おも)いを打ち明ける前に酷(むご)い事実を知ってしまった。沙里奈は同性愛者で、すでに轟麻衣(とどろきまい)という売れない銅版画家と同棲していたのだ。

土門は幾度か麻衣に会っている。

二十五歳の麻衣は病的なほど色白で、細身だった。それでいて、清潔なエロティシズムを感じさせる。どこか妖精じみた女だった。

二人の関係を知ったとき、土門は自(みずか)らの敗北を認めた。しかし、いまでも沙里奈は気になる存在だった。

「いま職場にいるんでしょ？」

「まだホテルのベッドの中なんだ」

「もう午後二時過ぎよ。例によって、昨夜も女性と……」

「当たり！　おまえさんにフラれちまったんで、女遊びで失恋の痛手を癒してるんだよ」

「なに言ってるの。わたしと知り合ったころから、手当たり次第に女たちをものにしてたでしょうが！　それに、わたし、土門さんに口説かれた憶えはないけどな」

「おれは内気だから、惚れてる女には言い寄れねえんだ」

「笑わせないで。札つきの悪党刑事が何を言ってるのよ。それより、ちょっと相談に乗ってもらいたいことがあるんだけど」

「銭なら、いつでも回してやらあ」

「ううん、お金の相談じゃないの。麻衣のことなのよ」

沙里奈の声が暗くなった。

「何があったんだ？」

「実は、三日前から麻衣の行方がわからないの」

「彼女と喧嘩でもしたのか？」

「ううん。麻衣とは、うまくいってたわ。なのに、彼女は三日前の正午過ぎに知り合いの版画家の個展を覗いてくると家を出たきり、いまも帰宅してないのよ」

「そいつは心配だな。おれ、赤坂西急ホテルに泊まってるんだ。詳しい話を聞きてえから、おれの部屋に来いや。ルームナンバーは一五〇五だよ」

「部屋に行くのは、ちょっと抵抗があるわね」

「おまえさんをレイプなんかしないって。いまタンクは空っぽなんだ」

「三十分後に一階のティールームで会えないかしら？」

「わかった。それじゃ、後でな」

土門は電話を切り、ラークをくわえた。

ふた口ほど喫ったとき、またもやスマートフォンが着信音を刻んだ。土門は煙草の火を揉み消し、スマートフォンを耳に当てた。

「土門ちゃん、どうしてる？」

黒須達朗が問いかけてきた。

旧知の悪徳弁護士である。四十四歳で、一見、商社マン風だ。物腰は柔らかく、実に如才がない。

しかし、それは見せかけだけだ。黒須は、めったに堅気の弁護依頼は引き受けない。闇社会の人間が主な顧客だった。それだけに黒須は並の暴力団係刑事よりも、はるかに裏社会に精しかった。それも、彼の情報は正確だった。

そんなことで、土門はちょくちょく黒須から裏情報を入手していた。金銭の遣り取りはしていない。土門は返礼に警察情報を流していた。

二人は持ちつ持たれつの関係だった。月に二、三度、酒を酌み交わしている。

「こっちは相変わらずですよ。黒さんのほうは忙しいの？」

「おかげさまでな。しかし、やくざ、闇金融業者、手形のパクリ屋、会社整理屋、マルチ商法屋、地面師、仕手集団なんて依頼人ばかりだから、なんか気が滅入ってくるよ」

「その分、法外な報酬をぶったくってんだから、少しは我慢しないとね」

「罰が当たるか。三十数社の企業舎弟と顧問契約を結んでるおれがいまさら善良ぶることはないやな？」

「そうですよ」

土門は同調した。

黒須は、きわめて金銭欲が強い。金だけしか信用できないと公言もしている。物の考え方が偏ってしまったのは、暗い生い立ちのせいだろう。

黒須は五歳のとき、両親と三歳だった妹をいっぺんに亡くしている。事業でしくじった父親が妻と娘を道連れにして、車ごと海にダイビングしてしまったそうだ。

金さえあれば、家族は死なずに済んだだろう。

たったひとり遺された黒須は、強くそう思ったにちがいない。事実、彼は貧乏の辛さを味わわされている。数年ごとに親類宅をたらい回しにされ、ずいぶん惨めな思いをさせられたようだ。人間の裏表もさんざん見てきたらしい。

黒須は優秀な成績で学業を修めることで辛うじてプライドを保ち、苦学の末に弁護士になった。恩人の姪と結婚したのは、ちょうど三十歳のときだった。

見合い結婚だったからか、ついに夫婦は心を寄り添わせられなかった。黒須はわずか一年数カ月で離婚してしまった。

それ以来、気楽な独身生活を満喫している。愛人を次々に替えながら、高輪の超高級マンションで優雅に暮らしていた。

オフィスは虎ノ門にある。

目下の愛人は秘書の小谷美帆だ。三十一歳だが、まだ若々しい。美帆は聡明で、綺麗だった。

「土門ちゃん、何かおいしい話はないか？　美帆にマンションを買ってやろうと思ってるんだ」

「黒さんはリッチマンなんですから、手持ちの金で楽に億ションを買ってやれるでしよ？」

「本業で稼いだ金は、女に遣いたくないんだよ。おれが汚辱に塗れながら、懸命に稼いだ金だからね」

「妙なことに拘るんだな」

「真っ当に稼いだ金は自分自身のために遣いたいんだ。もっとも本業で得た金も、あまり綺麗とは言えないがね」

「金は金でしょ？　綺麗も汚いもないと思うがな」

「そうなんだが、愛人にはやっぱり裏金を回したいんだ。つまらない金銭哲学かもしれないが、けじめをつけたいんだよ」

「黒さんがそう思ってるんだったら、そうすればいいんじゃないですか。それはそうと、あいにく金になりそうな種はないんですよ」

「そうなのか。スキャンダル・ハンターは元気なのかな」

「これから沙里奈と会うことになってるんですよ」

土門は経緯を手短に話した。

「轟麻衣はレズを卒業して、若い男と駆け落ちしたんじゃないのかね？」

「その可能性はゼロではないでしょうが、おれは麻衣が何か事件に巻き込まれたんじゃないかと思いはじめてるんですよ」

「刑事の勘ってやつか」

「ええ、まあ」

「それも考えられなくはないな。麻衣が何か犯罪に巻き込まれたんだったら、こっちも情報集めに協力するよ」

黒須が通話を切り上げた。

土門はスマートフォンをナイトテーブルに置き、ベッドから離れた。浴室に直行し、頭から熱めのシャワーを浴びた。髭（ひげ）も剃った。

土門はバスルームを出ると、身繕（みづくろ）いをした。黒いスタンドカラーの長袖シャツを素肌にまとい、サンドベージュの麻と綿混紡（こんぼう）のスラックスを穿（は）いた。

館内のティールームに行くだけだから、丸腰でいいだろう。

土門はベッドの横に置いてあるトラベルバッグには手を伸ばさなかった。

バッグの中には、シグ・ザウエルＰ230ＪＰとワルサーＰ５が入っている。ワルサーＰ５の残弾は四発だった。

土門は生成（きな）りの綿ジャケットを小脇に抱えて、間（ま）もなく部屋を出た。エレベーターで一階に降り、ロビーに面した広いティールームに入る。

客の姿は疎（まば）らだった。沙里奈は、まだ来ていない。

土門は隅のテーブル席につき、アイスコーヒーを注文した。飲みものが届けられたとき、沙里奈が現われた。

きょうも美しい。上は白いシャツブラウスで、下はほどよく色の褪（あ）せたブルージーンズだった。肩には布製のショルダーバッグを掛けている。

沙里奈は土門と向かい合うと、ウェイターにレモンスカッシュを頼んだ。オーダーしたものは、すぐに運ばれてきた。

　ウェイターが遠のくと、沙里奈が前屈みになった。

「麻衣は拉致されたのかもしれないわ」

「電話では言わなかったことがあるんだな？」

「ええ。実は四日前の夜、わたし、渋谷の路上で不審な男たちに両腕を掴まれて、ワゴン車に強引に乗せられそうになったの」

「相手は何人いたんだ？」

「二人よ。どちらも二十代の後半だと思うわ。やくざじゃなさそうだったけど、素っ堅気ではないでしょうね。片方の男はナイフを持ってたわ。わたしが大声で救いを求めたんで、二人組は焦ってワゴン車に乗って逃げていったの」

「車のナンバーは？」

「見る余裕はなかったわ。男のひとりが刃物をちらつかせてたんで、とても……」

「だろうな。おまえさん、何か嗅ぎ回ってたんじゃないのか？」

　土門は問いかけ、ラークに火を点けた。

「ネット犯罪が急増してることは知ってるでしょ？」

「おい、おい！　おれは刑事だぜ。しかし、サイバーテロ関係の捜査は専門のチームがやってるんで、詳しいことは知らねえがな」

「土門さんは、アナログ派だものね。それはともかく、去年の夏ぐらいから、〝報復屋〟と呼ばれてるインターネット犯罪集団が暗躍してるようなの」

「その連中は、復讐（ふくしゅう）の代行をしてるんだな？」

「ええ、そう。依頼人が闇サイトにアクセスして、復讐したい相手の氏名と住所を伝えて所定の料金を払い込むと、ちゃんと報復してくれるらしいのよ」

　沙里奈が言葉を切って、ストローでレモンスカッシュを吸い上げた。

「もう少し具体的に話してくれや」

「いいわ。〝報復屋〟は依頼人が恨みを持ってる相手の自宅に麻薬か銃器を国際宅配便で送りつけて、そのあと警察に密告電話をかけてるらしいの」

「つまり、荷受人を犯罪者に仕立ててるわけだな？」

「ええ、そう。それからね、〝報復屋〟は依頼人の弱みにつけ込んで、ネズミ講の会員になることを強（し）いてるそうよ」

「〝報復屋〟のことは誰から聞いたんだ？」

「西麻布（にしあざぶ）の洋風居酒屋で先々月、隣のテーブルにいた若いサラリーマンたちが〝報復屋〟のことを話してるのを小耳に挟んだの。そのうちのひとりの知り合いがネズミ講の彼は恨みのある上司を犯罪者に仕立ててもらったのはいいんだけど、ネズミ講の子会員集めに苦労させられて、結局は架空の子会員の分のお金を自分で立て替えざるを得なくなったらしいの」

「で、闇サイトのアドレスはわかったのか？」

「ううん。タイミングを計って隣のテーブルにいた男性たちに話しかけるつもりでいたんだけど、わたしがトイレに立った隙に彼らは店を出ちゃったのよ」

「ドジだね、おまえさんも」

「ずっとおしっこを我慢してたんで、仕方なかったのよ」

「それで、どうしたんだ？」

土門は先を促し、短くなった煙草の火を灰皿の底で消した。

「ネットカフェをあちこち回って、居合わせた客たちに〝報復屋〟のことを訊いてみたの。噂を聞いた人は何人もいたけど、闇サイトのアドレスを知ってる者はいなかったわ。だから、わたし、パソコン専門誌の読者欄に〝報復屋〟に関する情報を募ったわけ。記事はすぐに掲載されたんだけど、何も反応がなかったらしいのよ。ただ、編集部に妙な電話があったというの」

「どんな？」

土門は問い返し、アイスコーヒーで喉を潤した。

「若い男の声で、〝報復屋〟の噂は単なるデマで実在しないと何遍も言ったそうなの。それから、投稿の主であるわたしの氏名と連絡先を教えてくれと言ったんだって。そいつは編集部には絶対に迷惑をかけないと繰り返して、粘りに粘ったらしいの。それで電話を受けたアルバイトの気弱な女子大生が根負けしちゃって、わたしの氏名と住所を教えちゃったみたいなのよ」

「それで、おまえさんは四日前に拉致されそうになったんだろうか」

「きっとそうだわ。〝報復屋〟はわたしの拉致に失敗したんで、一緒に住んでる麻衣をさらったんじゃないかしら？」

「そうだとしたら、敵はおまえさんに正体を突きとめられたかもしれないと疑心暗鬼を深めてるんだろうな」

「多分、そうなんでしょうね」

「国際宅配便で薬物や銃器を対象者に送りつけてるんなら、国外に協力者か共犯者がいそうだな。アメリカなら州によって、ドラッグも拳銃も堂々と買える」

「ええ、そうね。もしかしたら、日本人とアメリカ人の混成集団なのかもしれないわ」

「そいつは考えられるな」

「土門さん、わたしに手を貸してくれない？　わたし、麻衣を一日も早く救い出してやりたいの」

沙里奈が真剣な表情で言った。

「銅版画家にぞっこんなんだな」

「麻衣はかけがえのないパートナーだもの。彼女を取り戻すためだったら、わたし、なんでもできるわ」

「いまの言葉に偽りはないな？」

「ええ、ないわ。麻衣のためなら、わたし、すべてを失ってもかまわない」

「おれが轟麻衣を見つけ出してやったら、おまえさん、一度寝てくれるか？」

「土門さん、本気なの⁉　わたしが同性しか愛せない女だと知ってて、どうして意地の悪いことを言うの？」

「そっちに惚れてるからさ。好きな女をずっと抱けないなんて、哀しすぎると思わないか」

土門は言った。からかい半分の冗談だったが、沙里奈は思い悩む顔つきになった。それから彼女は意を決したように、土門の顔を直視した。

「いいわ。一度だけなら……」

「無理すんなって」

「ただし、本当に一度だけよ」

「いいのかね」

土門は頬が緩みそうだった。瓢簞から駒とは、このことだろう。

二人の間に沈黙が落ちた。

数分が経過したころ、沙里奈のショルダーバッグの中でスマートフォンが軽やかな着信音を発しはじめた。

「電話に出てもいい？」

「ああ」

土門は快諾し、コップの水を飲んだ。

スマートフォンを耳に当てたとたん、沙里奈が緊張した面持ちになった。麻衣を拉致した犯人からの連絡かもしれない。土門は沙里奈を見つめた。

一分そこそこで通話は終わった。

「麻衣を引っさらったという男からの連絡よ。彼女は熱海のどこかに監禁されてるみたいだわ」

「相手の声で、おおよその年齢はわかるんじゃないのか？」

「ボイス・チェンジャーを使ってるらしくて、声は不明瞭だったの。それから、発信は公衆電話からだったわ」

「で、轟麻衣は無事なんだな？」

土門は確かめた。

「ええ、手荒なことはしてないそうよ。人質を殺されたくなかったら、午後七時にJR熱海駅に来いって」

「おまえさんは愛車のプジョーで、このホテルに来たんだろ？」

「ええ。車は地下駐車場に入れてあるの」

「そっちはプジョーで熱海に向かえよ。おれはどこかで車を調達して、おまえさんの車を追う。それでチャンスを見て、人質を救い出すつもりだ」

「土門さん、うまくやってね」

沙里奈が縋（すが）るような眼差（まなざ）しを向けてきた。

土門は大きくうなずき、卓上の伝票を掬（すく）い上げた。

3

見通しは悪くない。

運転席から駅前広場がよく見える。

土門は、路上に駐（と）めた保冷車の運転席に坐っていた。赤坂西急ホテルの地下駐車場で盗んだ二トン車だ。車体には水産会社名が入っている。

あと数分で、午後七時だ。

シャンパンゴールドのプジョーは、タクシー乗り場の前方に見える。沙里奈は運転席に坐っていた。熱海に来たのは七、八年ぶりだが、昔の賑わいはない。

土門は紫煙をくゆらせながら、駅前広場を改めて眺めた。

改札を出てくる観光客の姿は思いのほか少ない。客待ち中のタクシーが列をなしている。ホテルの送迎バスも、ほとんど見かけない。

かつて熱海市内には五百軒近いホテルや旅館があった。海から駆け上がる斜面には連夜、灯火がきらめいていたものだ。

しかし、長引く不況で何十軒ものホテルや旅館が廃業に追い込まれた。数年前から、ようやく賑わいを取り戻したようだ。

七時を回った。

プジョーの真後ろに黒いフォード・エクスプローラーが停まったのは、七時十分ごろだった。特別仕様車のスポーツ・アピアランスだ。やっと敵が現われた。

土門は視線を延ばした。

米国車の後部座席から、白人の若い女が降りた。大柄だが、動作はきびきびとしている。赤毛だった。

白いプリントTシャツの下は、草色のカーゴパンツだ。ワークブーツを履いている。

二十代の半ば(なか)だろう。

赤毛の大女がプジョーに歩み寄り、助手席に乗り込んだ。エクスプローラーのウインドーシールドはスモークになっていて、車内の様子はうかがえない。

沙里奈がプジョーを発進させた。

黒い車も走りだした。二台の車は、駅前広場から西へ向かった。

土門は保冷車で追尾(ついび)しはじめた。

前を走る二台の車は仲見世通りから旅館街を抜け、国道一三五号線に出た。熱海海浜公園を通過して間もなく、プジョーは右に折れた。エクスプローラーもつづいた。

二台の車は急坂をたどり、興禅寺(こうぜんじ)の横を抜けた。土門は一定の車間距離を保(たも)ちながら、慎重に尾行しつづけた。

二台の車は丘陵地を登り切ると、左に曲がった。割に狭い脇道だった。土門はハンドルを幾度か切り返し、保冷車を脇道に入れた。

プジョーとエクスプローラーは、すでに闇に呑(の)まれていた。

土門は車を道なりに走らせた。数百メートル進むと、右手に朽(く)ちかけた三階建てのホテルがあった。ホテルの車寄せには、プジョーと米国車が駐められている。

土門は保冷車を廃業した観光ホテルの先に停め、運転台から飛び降りた。周囲は雑木林で、民家も旅館もない。

そのため、闇は深かった。土門は道を引き返し、廃ホテルの敷地内に忍び込んだ。

建物は暗かった。ガラス窓も、あちこち破れていた。

二台の車に近づく。

エクスプローラーには誰も乗っていない。プジョーも無人だった。

どうやら沙里奈は館内に連れ込まれたようだ。土門は抜き足で、ホテルの表玄関に歩(ほ)を進めた。

ポーチに上がったとき、物陰から人がぬっと現われた。

赤毛の大女だった。白人だ。身長は土門よりも十センチほど高かった。

「あなた、どうしてここにいる?」

赤毛の外国人が、たどたどしい日本語で話しかけてきた。

「おれは廃墟(はいきょ)に興味があるんだ。このホテルは、だいぶ前に廃業したんだろ?」

「そうだけど」

「ちょっと中を見せてくれねえかな」

「それ、駄目ね。このホテル、古いから危ないよ。あなた、帰って」

「そうはいかねえんだ。どいてくれ」

土門は利(き)き腕を横に振った。

「あなた、帰らないと後悔するよ」

「おれをぶっ飛ばすってか？」

「そう、痛めつけるね」

　大女が言って、腰の後ろから黒い棒を引き抜いた。白兵戦に使われるストライク・スリーという武器だった。棍棒、短刀、首絞め縄を一つに組み込んだ秘密兵器だ。

「洒落た武器を持ってるな。どこで軍事訓練を受けたんだ？　グリーンベレーの女兵士だったのかっ」

「おまえ、怪しいね。沙里奈という女の仲間か？」

「まあな。彼女のいる所に案内してもらおうか。腕をへし折られたくなかったら、おれの言う通りにしたほうがいいぜ」

　土門は言いざま、前蹴りを放った。

　赤毛の女がステップバックし、ストライク・スリーの先端の鉄球を外した。すぐにギャロットを引き出し、鉄球を泳がせた。

　土門は横に跳んだ。

　ゴルフボール大の鉄球は、ポーチの石柱に当たった。セメントの粉が飛び散った。

「やるじゃねえか。どこかのアマゾネス軍団にいたらしいな。で、いまは〝報復屋〟の番犬をやってるってわけか」

「おまえの言ってること、わたし、わからない」

白人の大女が鉄球を手許（てもと）に引き戻し、黒い棍棒の中から細身の短刀を取り出した。両刃だった。

土門は身構えた。

赤毛の女が短刀をまっすぐに突き出してきた。土門はサイドステップを踏み、足を飛ばした。スラックスの裾（すそ）がはためいた。

蹴りつけたのは、右膝の斜め上の内腿（うちもも）だった。急所である。

赤毛の大女がよろけた。

土門は抜け目なく組みつき、相手を捻（ひね）り倒した。ストライク・スリーを奪い取り、女の首に首絞め用の細縄を回す。赤毛の女がギャロットの下に指を差し入れようとした。

土門は両手で細縄を引き絞った。相手が喉を軋（きし）ませた。

「おれは学生のとき、レスリングをやってたんだ。バックを取るのは得意なんだよ。ついでに後ろから、そっちのあそこ（プッシー）に男根（ディック）を突っ込んでやろうか？」

「くたばれ（ファック・ユー）！」

赤毛の女が、くぐもり声で罵（ののし）った。

「このホテルの中に轟麻衣がいるのか？」

「……………」

「急に日本語を話せなくなったのかよ。ま、いいさ。そっちを気絶させて、おれが自分で確かめらあ」

土門は、さらに両手に力を込めた。女が苦しがって、懸命にもがきはじめた。

ちょうどそのとき、館内から黒人の女が飛び出してきた。二メートル近い長身だが、身ごなしはしなやかだった。二十三、四歳だろうか。

ボディービルダーのような体型で、肩が張っている。黒いバトルジャケットをトレーナーの上に羽織（はお）っていた。下は白っぽいチノクロスパンツだ。

肌の黒い女は、赤毛の大女にジョアンナと呼びかけた。

「この赤毛はジョアンナって名だったのか」

「あんた、誰なの？」

「日本語、上手じゃねえか。そっちも女コマンドだったのかい？　なんて名なんだ？」

「ベティよ。いったい何者なのっ」

「轟麻衣や久世沙里奈の知り合いさ。二人のいるとこに案内してもらおうか」

土門はベティと名乗った女に言って、ジョアンナを立たせた。

と、黒人の大女がバトルジャケットのポケットからデリンジャーを摑み出した。掌（てのひら）にすっぽりと収まりそうな超小型拳銃だが、水平二連銃だった。

「ジョアンナの首からギャロットを外しなさいよっ」

　ベティがデリンジャーを前に突き出した。

「撃ちたきゃ、撃てや。ジョアンナはおれよりも体格（ガタイ）がでかいから、恰好（かっこう）の弾除（たまよ）けにならあ」

「ほんとにシュートするわよ」

「早く撃ちやがれ」

　土門は挑発した。ベティが中腰になって、横に動いた。脚（あし）を狙う気らしい。土門は赤毛女の首からギャロットを外し、すぐに左腕でアームロックを掛けた。ジョアンナをホールドしたまま、ストライク・スリーの鉄球を飛ばす。

　投げた鉄球は、ベティの左の鎖骨（さこつ）に命中した。ベティが呻いて、棒立ちになった。

　土門は体の向きを変え、横蹴りを見舞った。蹴りはベティの下腹に入った。

　黒人の大女がくの字に体を折りながら、後方に吹っ飛んだ。弾みで、手からデリンジャーが落ちる。暴発はしなかった。

　土門はジョアンナを足払いで倒し、ポーチに転がっているデリンジャーに手を伸ばした。

　すると、ベティが敏捷（びんしょう）に半身を起こした。次の瞬間、彼女の手からナイフが放たれた。手投げ用の三日月刀だろう。

手投げナイフは、土門の右手の甲を掠めた。

尖鋭な痛みを覚えた。手の甲に赤い斜線が走っている。血だ。幸いにも傷は浅い。

土門は利き腕を引っ込めた。

そのとき、ジョアンナが土門の両脚に組みついてきた。土門は片方の脚を引き抜き、ジョアンナの肩を蹴ろうとした。

と、ジョアンナが土門の軸足を両手で掬った。土門は体のバランスを崩し、横に転がった。赤毛のジョアンナが覆い被さってきた。

筋肉が発達し、乳房も引き締まっている。ジョアンナは土門の顎にショートフックを叩き込み、ストライク・スリーを捥取ろうとした。

土門は左手でジョアンナの赤い髪を引っ摑み、体の上から払い落とした。すぐさま跳ね起き、ジョアンナの脇腹を蹴る。

黒い大女が母国語で何か喚き、また手投げ三日月刀を放ってきた。

土門は上体を傾け、特殊ナイフを躱した。ベティが立ち上がった。土門はギャロットを振って、鉄球を泳がせた。

鉄球はベティの眉間に命中した。ベティが呻いて、体をふらつかせる。

土門は水平二連式のデリンジャーを左手で拾い上げ、ジョアンナとベティに交互に銃口を向けた。二人の大女は顔を見合わせ、肩を大きく竦めた。

「起き上がって、ベティのそばに行きな」

土門は赤毛の女に命令した。

ジョアンナが身を起こし、黒人の相棒の横に移った。

土門はデリンジャーを右手に持ち替え、鉄球を棍棒の先に戻した。ポーチの端に落ちている短刀は遠くに蹴った。

「おまえらは、〝報復屋〟に雇われたんだなっ」

土門は二人の大女を交互に睨みつけた。どちらも歪んだ笑みを浮かべただけだった。

「雇い主の名は口が裂けても言えないってわけか」

「そうよ」

赤毛のジョアンナが口を開いた。

ベティは眉間を手で摩っていた。瘤ができているようだが、はっきりとは見えなかった。皮膚が黒いせいだろう。

「建物の中に、あと何人の仲間がいるんだ?」

「ひとりだけね」

「そいつが麻衣の見張り役を務めてるんだな?」

「………」

「どうなんだっ。デリンジャーで、そっちの片方のおっぱいを弾き飛ばすぞ」

土門は銃口をジョアンナの胸部に向けた。

「麻衣って娘は、ここにはいないね」

「別の場所に監禁してるのか？」

「そう。その場所は、わたし、言わない」

ジョアンナが昂然と言った。

土門はジョアンナに歩み寄り、銃口を左の乳房に押し当てた。

「この位置なら、心臓も撃ち抜けるな」

「シュートしないで。麻衣って娘は伊東にいる」

「伊東のどこにいるんだ？」

「アドレスは知らない。貸別荘に閉じ込めてある。ログハウスね」

「そこに、沙里奈に電話をしてきた男がいるのか？」

「男は誰もいない。わたしの仲間の女が二人いるだけ」

「その二人も女兵士崩れの外国人なのか？」

「そう。カナダ人とアメリカ人ね」

「このホテルの中にいる仲間は、なんて名なんだ？」

「スーザンよ。金髪だけど、羆みたいに強いの。あんたなんかぶっ飛ばされて、逆レイプされちゃうわね」

「そいつは楽しみだ。スーザンのいる所に案内しな」

「オーケー」

ジョアンナが先に歩きだした。

土門はベティを横に並ばせた。デリンジャーで威嚇（いかく）しながら、二人を進ませた。

ロビーは真っ暗だった。ソファやコーヒーテーブルが乱雑に転がっている。

埃（ほこり）っぽかった。フロントのカウンターは崩れ落ちていた。

ジョアンナたち二人は、暗がりの中を大股で突き進んだ。まるで白昼の通りを歩いているようだ。軍事訓練を受けているうちに、夜目（よめ）も利くようになったのか。

二人は、奥まった場所にある事務室の前で立ち止まった。

ドアの隙間から淡い光が洩れている。電灯の光ではない。揺らいでいるのは、ランタンの灯火だろう。

ドア越しに女の悲鳴が聞こえた。

沙里奈の悲鳴だった。スーザンという金髪女に拷問（ごうもん）されているのかもしれない。

土門は弾除けの二人を事務室に押し入れ、デリンジャーを握り直した。室内のほぼ中央にランタンが見える。炎は小さかった。

沙里奈は回転椅子に坐らされ、白い樹脂製のバンドで括（くく）りつけられていた。

いわゆる結束バンドだった。本来は工具や電線などを束（たば）ねるときに用（もち）いられるものだが、アメリカの犯罪者は手錠の代用にしている。その強度は針金並だった。

沙里奈の前には、ブロンドの大柄な女が立っていた。男のような厳(いか)つい顔立ちだ。青いターボライターを手にしていた。勢いのある炎を沙里奈の顔面に近づけ、何か訊いていたようだ。

「スーザンだなっ」

土門は金髪の大女に声をかけた。

スーザンが目を剝(む)き、英語でジョアンナに何か問いかけた。二人とも早口だった。土門には聞き取れなかった。

スーザンが土門を睨(ね)めつけ、ターボライターの火を点けた。炎は大きく膨らみ、音をたてはじめた。

「おまえ、デリンジャーを捨てたほうがいい。そうしないと、人質の女、顔に大火傷(おおやけど)するね」

ブロンドの大女が癖のある日本語で言った。沙里奈が戦(おのの)き、上体を後ろに反(そ)らした。

「その前にジョアンナがあの世に行っちまうぜ」

土門は赤毛の女の後頭部にデリンジャーの銃口を突きつけた。

ジョアンナが母国語で、スーザンに何か訴えた。ベティが英語で何か言い添えた。

スーザンは忌々(いまいま)しげな顔で、ターボライターを床に投げ捨てた。土門はジョアンナとベティの背を押した。

二人はゆっくりと歩きだした。

そのすぐ後、スーザンがランタンに走り寄った。蹴られたランタンが転がり、炎に包まれた。

スーザンが事務机の陰に走り、果実のような塊を投げつけてきた。手榴弾だった。

それは、土門たち三人の近くに落ちた。ジョアンナとベティが驚きの声をあげ、左右に散った。土門は後方に退がった。

炸裂音が轟き、オレンジがかった赤い閃光が走った。

土門は身を伏せた。爆風を浴び、一瞬、息が詰まった。だが、無傷だった。

ジョアンナとベティが中腰でスーザンのいる場所に向かった。

三人のうちの誰かひとりを生け捕りにすることにした。土門はベティの脚に狙いをつけて、デリンジャーの引き金を絞った。

銃声は小さかった。弾道が予想以上に早く下がり、標的の数メートル手前に着弾した。

「土門さん、救けて！」

沙里奈が大声で叫んだ。土門は三人の大女に銃口を向けながら、沙里奈に駆け寄った。

結束バンドをほどいていると、スーザンが円筒形の物を投げつけてきた。

すぐに赤っぽい光が閃き、大音響が轟いた。土門は椅子ごと沙里奈を抱きかかえる恰好で吹き飛ばされた。平衡感覚が薄れ、気だるい気分になった。非致死性手榴弾を使われたのだろう。

スーザンたち三人が窓に向かって走りはじめた。土門は椅子ごと沙里奈を抱え起こし、手早く結束バンドを解いた。

そのとき、スーザンたち三人が次々に窓から外に脱出した。

「おまえさんはロビーから表に出ろ。おれは窓から飛び降りて、三人の大女を追う」

「でも、危険すぎるわ」

「心配すんなって」

土門は沙里奈に言いおき、窓辺に向かった。床に落としたデリンジャーを拾う時間はなかった。

窓から飛び降りたときには、もうフォード・エクスプローラーは掻き消えていた。

土門はホテルの前の道に走り出た。左右を見ても、尾灯さえ目に留まらなかった。

土門は廃ホテルのポーチに駆け戻った。すると、沙里奈がロビーから出てきた。

「スーザンという金髪女は、おまえさんが敵の正体をどこまで知ってるか探り出そうとしたんだろ？」

土門は訊いた。

「ええ、そう。ターボライターの炎を何度も顔に近づけられて、〝報復屋〟の名前を言えって脅されたの」

「やっぱり、そうだったか。敵はそっちに正体を知られたと早合点して、轟麻衣を人質に取ったんだよ。そして、おまえさんを誘き出して、口を割らせるつもりだったにちがいねえ」

「そうみたいね。ブロンドの女は、麻衣を別の場所に監禁してると言ってたわ」

「伊東の貸別荘に閉じ込めてあると赤毛の女が言ってた。住所まではわからないが、ログハウスらしい。これから伊東に行って、市内にあるログハウスをすべてチェックしてみようや」

「ええ」

「おれがそっちの車を運転すらあ」

二人は朽ちかけたホテルを出ると、プジョーに走り寄った。

4

棚から分厚いファイルを抜き出した。

土門は、インターネット犯罪者リストに目を通しはじめた。警視庁のサイバーテロ対策室である。

土門は生欠伸(なまあくび)を嚙み殺しながら、ファイルの頁(ページ)を繰(く)った。寝不足だった。前夜、熱海から伊東に回り、市内にあるログハウスをことごとくチェックしてみた。だが、どこも無人だった。

赤毛の女の嘘に引っかかってしまったのか。あるいは、彼女の仲間が麻衣を別の場所に移した後だったのだろうか。いずれにしても、銅版画家を救い出すことはできなかった。

プジョーで虚(むな)しく帰京したのは明け方近い時刻だった。沙里奈は土門をホテルに送り届けてから、自宅に帰っていった。

リストには、〝報復屋〟の名は載(の)っていなかった。ファイルを棚に戻したとき、誰かに肩を叩かれた。

土門は体を反転させた。対策室の室長が咎(とが)めるような目を向けてきた。五十過ぎで、細身だった。

「何をしてるんだね」

「ちょっと調べたいことがあったんだ」

「勝手なことをされちゃ困るな。いったい何を調べてたんだ？」

「〝報復屋〟のことを知りたいと思ってたんだが、無駄骨を折っちまった」

「その〝報復屋〟というのは、インターネット犯罪集団なのか？」

「だと思うよ」

「暴力団が絡んでるのか？　そうなんだな、組対の人間がここに来たわけだから」

「自分で調べろや。ハッカーやクラッシャーだけがインターネット犯罪者じゃないぜ」

「き、きさま、何様のつもりなんだ。警部補だろうが、まだ職階は」

「だから、どうだってんだっ」

　土門は言い返した。

「わたしは警視だぞ。きさまより位は上なんだ」

「敬語を使えってわけかよ」

「そうだ。常識だろうが！　有資格者に取り入って、でかい面してるようだが、わたしは格下の奴になんかペコペコしないぞ」

「おれがキャリアにゴマ擂るような男に見えるのかっ」

「そうじゃないのか？」

「おれは偉いさんたちのキンタマを握ってる。その気になれば、おたくをどっかに飛ばすこともできるんだぜ」

「きさま、このわたしを脅してるのか⁉」

「好きなように考えてくれ」

土門は言い捨て、サイバーテロ対策室を出た。午後三時過ぎだった。組対第四課の自席に戻っても、特に仕事はない。

土門はエレベーターに乗り込み、本部庁舎を出た。小雨が降っていた。

タクシーを拾い、虎ノ門に向かう。モダンな造りの貸ビルの前で車を降りた。

土門はビルの中に入り、七階に上がった。黒須法律事務所はエレベーターホールのそばにある。

土門は勝手に事務所に足を踏み入れた。

秘書の小谷美帆が複写機に向かっていた。目と目が合った。

「黒さんは奥かな？」

「ええ」

「相変わらず色っぽいな。むらむらすらあ」

土門は美帆のヒップを軽く撫で、所長室のドアを開けた。悪徳弁護士は両袖机に片肘をつき、誰かと電話中だった。

土門は応接セットのソファに腰かけ、煙草をくわえた。書棚には法律関係の専門書がびっしりと詰まっている。

壁を飾っているのはロンドンの風景写真だ。黒須はイギリスかぶれだった。

ダンヒルを喫い、以前は四千二百ccのジャガーXJエグゼクティブを乗り回していた。服地も、きまって英国製だ。自宅マンションの家具や食器も英国生まれの製品が多い。

一服し終えたとき、黒須がようやく受話器をフックに戻した。

「待たせて済まなかった。手形のパクリ屋が失敗踏んで、警察沙汰になるんじゃないかとびくつきはじめてるんだよ」

「肚を括ってない悪党は見苦しいですよね。地獄に墜ちる覚悟で悪さをしなきゃ」

「電話をしてきた奴は小悪党なんだ」

「でしょうね。それはそうと、ちょいと動きがあったんです」

土門は、きのうの出来事を話しはじめた。

黒須が土門の前に坐り、英国煙草に火を点けた。

「黒さん、ネット犯罪に精しい知り合いはいない？」

「何人かに当たってやろう。〝報復屋〟の正体を突きとめればいいんだな？」

「ええ。よろしく頼みます」

「わかった。それにしても、アマゾネス軍団みたいな外国人女性が絡んでるとは驚きだな」

「そうですね。潰れたホテルにいた三人は女兵士崩れなんだろう。なかなか手強かったですよ」

「土門ちゃんよりも上背（タッパ）があって、軍事訓練を受けてるんだったら、それは侮（あなど）れない連中だよな。油断してたら、殺（や）られることになるだろう」

「確かに、舐めてはかかれない連中でしたよ」

土門は脚（あし）を組んだ。ちょうどそのとき、美帆が二人分の日本茶を運んできた。さっき尻にタッチしたことを黒須に告げ口するだろうか。その程度の悪ふざけで黒須が怒りだすとは思えない。しかし、どういう反応を示すか知りたい気もした。

美帆はコーヒーテーブルに二つの湯呑（ゆの）み茶碗を静かに置くと、そのまま所長室から出ていった。土門は淡い失望を覚えた。

「白人や黒人の大女たちを動かしてるんだから、その犯罪集団に外国人が嚙んでると考えてもいいだろう」

「そうでしょうね。しかし、主犯は日本人だと思う」

「かもしれないね。闇サイトのアドレスがわかれば、敵の正体を突きとめることはたやすいんだがな」

「おれ、後（あと）でネットカフェを回ってみようと思ってるんです。ネットおたくみたいな奴なら、〝報復屋〟のことを知ってるかもしれないからね」

「そうだな」

黒須が言って、緑茶を啜った。

そのすぐ後、土門の懐でスマートフォンが鳴った。発信者は沙里奈だった。

「ちょっと買物に出かけた隙に、部屋の中を物色されてたの。敵の仕業だと思うわ。取材テープやUSBメモリーが盗まれたの。どれも〝報復屋〟とは無縁のものばかりなんだけどね」

「敵は、おまえさんに正体を知られたと思い込んでやがるんだろう」

「ええ、そうなんだと思うわ。部屋には、とんでもないDVDが置いてあったの」

「どんなDVDなんだ？」

土門は問いかけた。

と、沙里奈が嗚咽して声を詰まらせた。

「おい、しっかりしろ。DVDには何が映ってたんだ？」

「麻衣よ。彼女は丸坊主にされて、全裸で縛り上げられてたの。それだけじゃなく……」

「何かひどいことをされてたんだな？」

「そうなの。性器と肛門に大人の玩具を突っ込まれてたのよ。麻衣は舌を噛み切ってしまいたいほどの屈辱感を味わったでしょうね」

「敵はきのうのことで腹を立てて、麻衣ちゃんにひでえことをしたんだろう。赦せねえな」

「土門さん、悪いけど、手を引いて。わたしは敵の手に落ちてもかまわない。麻衣を解放してもらえるんだったら、たとえ殺されることになってもいいわ」

「ちょっと待てや。少し冷静に考えてみろって。そっちが敵の呼び出しに素直に従っても、麻衣ちゃんを解き放ってもらえる保証はないんだぞ」

「どうして？　麻衣は〝報復屋〟のことは何も知らないのよ」

「甘いな。おそらく敵は、二人とも葬る気でいるんだろう。拉致被害者の麻衣ちゃんを生かしておいたら、身の破滅を招くかもしれないじゃないか」

「そうかもしれないけど」

「おれにいい考えがある。そっちに高性能なＧＰＳ発信器を持たせて、敵を罠に嵌めてやろう」

「ＧＰＳ発信器？」

「ああ。敵は、いずれ沙里奈を拉致する気でいるにちがいねえ。おまえさんをわざと泳がせて、おれは受信機で現在地を探り出す。それで、今度こそ麻衣ちゃんを救い出すよ」

「ＧＰＳ発信器と受信機は持ってるの？」

「これから秋葉原で手に入れて、おまえさんとこに行くよ。何か外出の予定があるのか？」

土門は訊いた。

「いいえ、特にないわ」

「なら、部屋で待っててくれ。夕方までには目黒のマンションに行けるだろう。実は、いま黒さんのオフィスにいるんだ。〝報復屋〟に関する情報集めを頼んだんだよ」

「そうなの。だったら、黒須さんにわたしから挨拶すべきよね？」

「他人行儀なこと言うなって。おまえさんと黒さんは悪党仲間だろうが」

「変なこと言わないで。黒須さんは間違いなく悪徳弁護士だけど、わたしは真っ当な人間のつもりよ」

「しれーっとして、よくそういうこと言えるな。おれが新興宗教の教団主の陰謀を暴いて三億円の口止め料をせしめたとき、そっちと黒さんはおれの弱みを押さえて一億円ずつせびっただろうが」

「そういう言い方は正しくないわね。土門さんが自分から、わたしたち二人に裏取引を持ちかけてきたんじゃないの。わたし、ほんとは一億円なんて貰いたくなかったのよ。自分がハイエナになったみたいで、なんとなく後ろめたかったから」

沙里奈が澄ました声で言った。

「それでも、しっかり金を受け取ったくせに」

「疚しいと思いつつも、麻衣にアトリエを持たせてやりたかったのよね」

「愛するレズ相手のために、敢えて汚れた金を受け取ったと言いたいわけか」

「ま、そうね。でも、わたしは後悔してないわ。麻衣にアトリエをプレゼントできたんだから」

「自由が丘にコンクリート打ち放しの洒落たアトリエを建ててやったんだったな？」

「ええ、そう。敷地は狭いんだけど、三階建てなの」

「そこにはベッドルームもあるんだろ？」

「あるわよ」

「だったら、目黒の賃貸マンションを引き払って、二人でそこに住めばいいじゃねえか」

「アトリエは麻衣だけの城にしてあげたいの。わたし、彼女に大きな仕事をしてもらいたいのよ。麻衣には、それをやれる才能があると思うの。だから、わたしはできるだけアトリエには近づかないことにしてるわけ」

「それでもアトリエの寝室で何度か愛し合ったことがあるんだろ？」

「さあ、どうだったかしら？」

「とぼけやがって。与太はともかく、なるたけ早くマンションに行くよ」

土門は先に電話を切って、黒須に沙里奈から聞いた話を伝えた。口を結ぶと、黒須が憤りを露にした。

「若い女にそんなことをするなんて、まともじゃない。絶対に赦せんな。土門ちゃん、女兵士みたいな連中を取っ捕まえたら、大事なとこに金属バットを突っ込んでやれよ」

「そうしてやりますか。その前に大女どもを姦っちまってもいいな」

「それは土門ちゃんに任せるよ」

「任せてもらいます。ちょっと秋葉原に行かなきゃならないんで、そろそろ引き揚げます」

土門はソファから立ち上がり、所長室を出た。美帆にウインクして、黒須法律事務所を後にした。

表に出ると、雨は本降りになっていた。空車のタクシーは通りかからない。

土門は車道に飛び出し、走ってくる黒塗りのクラウンの行く手を塞いだ。クラウンが急停止し、短くホーンを鳴らした。

土門は警察手帳を翳しながら、クラウンに駆け寄った。運転席のドアが開けられ、きちんとスーツを着た四十五、六歳の男が半身を乗り出した。

「何か近くで事件があったんですか？」

「いや、別に。タクシーが拾えなくてさ。ちょっと車を貸してほしいんだ」

「そう言われても困るな。これから銀座で商談があるんですよ」

「そうかい。なら、勝手に借りることにすらぁ」

土門は言うなり、相手に当て身を見舞った。

運転席の男が唸って、前のめりになった。

土門は相手を車内から引きずり出し、素早く運転席に坐った。半ドアのまま、車を発進させる。土門はドアを手繰り寄せ、ミラーに目をやった。

クラウンの持ち主は路肩のそばにうずくまっていた。

「勘弁してくれや。おれ、待たされるのが好きじゃねえんだよ。雨も苦手なんだ」

土門は声に出して呟き、車のスピードを上げた。クラクションを高く鳴らしながら、前を走る車を次々に追い抜いた。

二十分そこそこで、秋葉原の電気街に着いた。

土門は何軒かの店を覗き、GPS発信器と受信装置一式を購入した。超小型ながら、高性能だという話だった。

土門は買った物をクラウンの車内に投げ入れ、目黒に向かった。沙里奈の住むマンションに着いたのは午後五時過ぎだった。

土門は上着のポケットにGPS発信器だけを突っ込み、クラウンを降りた。五〇五号室に急ぎ、インターフォンを鳴らした。

ややあって、スピーカーから沙里奈の声が流れてきた。

れ、室内に招き入れられたことは一度もない。

「わかった」

土門は少し退がった。沙里奈の部屋の前までは幾度か来ていたが、室内に招き入れられたことは一度もない。

「早かったのね。いま、ドアを開けるわ」

「ああ」

「土門さん？」

ドアが開けられ、沙里奈が顔を見せた。カジュアルな服装だった。

「おれに襲われるかもしれないという不安があるんだったら、歩廊で話をしようや」

「なに言ってるの。さ、入って」

「それじゃ、ちょっとお邪魔するぜ」

土門は五〇五号室に入った。二人の女が住んでいる部屋は、何やら甘い香りがした。

「荒らされてた部屋を少し前に片づけ終えたとこなの」

沙里奈がそう言い、土門を居間に案内した。

居間のほぼ中央に、北欧調のリビングソファが置いてあった。土門はソファに坐った。間取りは２ＬＤＫだった。

「この部屋に入った男性は、土門さんが最初よ」

「それは光栄なことだ。寝室まで入れてもらえるんだろ？」

「相手を間違えてるわね。冗談はともかく、コーヒーでいい？　といっても、インスタントなんだけど」

「何もいらないよ。それより、部屋に忍び込んだ奴は何か落としていかなかったか？」

「フローリングに靴痕が残ってただけよ。かなり大きかったから、侵入者は男だと思うわ」

　沙里奈がそう言いながら、向かい合う位置に腰を落とした。

「とは限らないぞ。ジョアンナたち三人は大女だったからな。多分、足のサイズも並の男よりもでっかいだろう」

「あっ、そうね。だけど、きっと男よ。靴の横幅もだいぶあったから」

「なら、部屋を物色したのは野郎なのかもしれねえな。ところで、出かけるときはこれを必ず携帯してくれ」

　土門は言って、上着のポケットからＧＰＳ発信器を抓み出した。ピーナッツほどの大きさだった。

「ずいぶん小さいのね」

「そうだな。受信装置もコンパクトなんだ。受信アンテナは折り畳み式になってる。どちらも、知人から借りたクラウンに積んであるんだ」

「本当に知り合いから車を借りたの？　無断拝借してきたんじゃない？」

「そんなことはどっちでもいいじゃねえか。それより、例のＤＶＤを観せてくれや」

「もう処分したわ。あんな映像をいつまでも残しておくわけにはいかないもの」

「そいつは残念だ。映像から何か手がかりを得られるかもしれないと思ったんだがな」

「もっともらしいことを言ってるけど、麻衣の裸身を拝みたかったんじゃない？」

「それも少しはあるな」

「やっぱりね」

「そろそろ敵が何か言ってきてもよさそうだが、まだ連絡はないのか？」

「ええ」

沙里奈が短く答えた。

「そうか。暗くなったら、おまえさん、ＧＰＳ発信器を装着して、ちょっとドライブしてくれや。ひょっとしたら、敵の回し者がこのマンションのそばに張り込んでるかもしれねえからさ。そうだったとしたら、そいつは沙里奈を拉致する気になるだろう。おれは数百メートル離れて、そっちのプジョーを車で追う」

「受信エリアはどのくらいなの？」

「二キロまでカバーできるはずだ。そっちのいる場所を正確に割り出してくれるだろうから、そう怯える必要はねえさ」

「わかったわ」

「途中で怪しい車に尾行されてると思ったら、おれのスマホを鳴らしてくれ。すぐに距離を縮めて、おれは不審な車を立ち往生させらあ」

土門はそう言い、煙草に火を点けた。

二人が部屋を出たのは六時半ごろだった。ＧＰＳ発信器を装着した沙里奈が、先にプジョーを走らせはじめた。

フランス車が闇に紛れてから、土門はクラウンを発進させた。助手席の上に置いた受信装置のディスプレイをちらちら見ながら、車を走らせつづけた。

沙里奈は午前零時まで都内を流した。

だが、何事も起こらなかった。土門はスマートフォンを使って、沙里奈に連絡をとった。

「今夜は空振りみてえだな」

「そうね。明日、また罠を張ってみましょうよ」

「それでも敵が引っかかってこなかったら、おれはネットカフェを一軒ずつ回ってみるよ。ネットおたくの中に、〝報復屋〟の闇サイトのアドレスを知ってる奴がいるかもしれないからな」

「ええ、そうね。わたしも手伝うわ。手分けして、ネットカフェを回ってみましょうよ」

「そっちが目黒のマンションに無事に着いたら、おれは赤坂のホテルに戻る」

「もうエスコートしてくれなくても大丈夫よ。今夜は何も起こらないと思うわ。だから、土門さんはホテルに帰って」

「そっちが塒に着くまで、ちゃんとつき合うよ。何かあったら、悔やむことになるからな」

「意外に優しいのね」

「惚れた女には、ベッドでも優しいぜ。一度試してみるか？」

「結構です」

沙里奈が蔑むような口調で言い、通話を切り上げた。

まるで脈なしか。土門はスマートフォンを耳から離した。車は九段下のあたりを走っていた。

第二章　ネット犯罪の闇

1

着信があった。

土門は運転しながら、通話を開始した。発信者は沙里奈だった。

スマートフォンは、ハンズフリーのヘッドセットを耳に掛けてある。前夜に引きつづき、土門は他人のクラウンで沙里奈の車を追尾していた。

といっても、プジョーは視界には入っていない。二百数十メートル先を走行中だった。午後二時半を回っていた。

「アマゾネス姐ちゃんたちがやっと現われやがったか」

「ううん、そうじゃないの。さっきから後ろにぴったりとくっついてるパーリーブラウンのワンボックスカーを運転してるのは四十年配の男なんだけど、なんか怪しいのよ」

沙里奈は少し怯えている様子だった。

「どこが？」

「何度か車を脇道に入れたんだけど、ワンボックスカー、しつこく追跡してくるの」

「そう。敵の回し者かもしれねえな。沙里奈、その車を少し先にある代々木公園に誘い込んでくれ」

土門は電話を切ると、助手席から受信装置を掴み上げた。

ディスプレイのフラグは、渋谷区役所のあたりで点滅している。ＧＰＳ発信器を携帯している沙里奈の車は、ゆっくりと代々木公園方面に向かっていた。

土門は西武百貨店Ｂ館の前を抜け、クラウンを公園通りに進めた。

プジョーは脇道を抜けて、井の頭通りに出た。そのまま代々木深町交差点を突っ切り、代々木公園西門の少し手前で停止した。

土門はスピードを上げた。

やがて、右手にプジョーが見えてきた。プジョーのすぐ後ろに、パーリーブラウンのワンボックスカーが停まっている。どちらにも人影は見当たらない。

沙里奈は、怪しい男を公園の中に誘い込んでくれたのだろう。

土門はクラウンをプジョーの前にパークさせた。折り畳み式の受信機を手にして、すぐさま車を降りる。

西門から園内に入ると、深緑の匂いが濃密に漂っていた。むせ返りそうだ。

土門は受信アンテナを伸ばしながら、あたりを見回した。沙里奈の姿は目に留(と)まらなかった。

土門は大股で歩きだした。

百数十メートル進むと、受信機が反応した。沙里奈は近くにいるはずだ。

土門は受信アンテナを三百六十度回転させ、信号音が最も高い方角を探(さぐ)り出した。斜め前方だった。土門は走りだした。

樹木の向こうの遊歩道を沙里奈が小走りに走っていた。四十絡みの背広姿の男が沙里奈を追い回している。

なんと男はペニスを剝(む)き出しにしていた。驚くほどの巨根だった。ビールの小壜(こびん)ほどのサイズだ。黒光りしている。ただの変態野郎だったようだ。

土門は遊歩道に出た。助走をつけて、四十男の背に飛(と)び蹴(げ)りを浴びせた。

男が両腕で宙(ちゅう)を掻(か)きながら、前のめりに倒れた。土門は走り寄って、相手の脇腹を思うさま蹴った。

男が唸(うな)りながら、仰向(あおむ)けになった。男根(だんこん)は反(そ)り返ったままだった。

「おっ立ててるものを早く隠しやがれ！」

土門は、変質者の腰を軽く蹴った。男が呻(うめ)いてから、猛(たけ)った性器をトランクスの中に戻した。

そのとき、沙里奈が駆け戻ってきた。

「倒れてる奴、ただの変態男だったみたいね」

「ああ。デカマラなんで、びっくりしたろう？」

「よく見る余裕なんかなかったわ。シンボルを丸出しにして、ワンボックスカーを降りてきたんで、焦（あせ）って公園の中に逃げ込んだの。こういう奴がいるから、わたし、男が好きになれないのよ」

「子供のころに何かあったらしいな。性的ないたずらをされて、それが心的外傷（トラウマ）になっちまったのか？」

「そういう質問には答えたくないわ」

「おっと、立ち入りすぎたな。おれは神経がラフだから、思ったことをすぐ言葉にしちまう。悪い癖だな。勘弁してくれや」

土門は沙里奈に謝り、その場に屈（かが）み込んだ。四十男の上着の内ポケットを探り、黒革の名刺入れを抓（つま）み出した。同じ名刺が二十枚ほど入っていた。

男は立花勇（たちばないさむ）という名で、東証一部上場の家電メーカーの営業マンだった。

「お、おたく、誰なんだ？」

立花が問いかけてきた。

「警視庁の者だ」

「嘘つけ！　やくざだろうが？」

「柄はよくねえが、一応、刑事なんだよ。場合によっては、手錠打つぜ」

「おたく、ほんとに刑事なの⁉」

「同じことを何度も言わせるなって」

土門は笑顔で言い、膝頭で立花の肋骨を圧迫した。立花が呻いて顔を歪める。

「逃げた彼女をどうする気だったんでえ？」

「レイプする気なんかなかったんだ。女が怕がって逃げるとこを見たかっただけだよ。それに、勃起したものを見せることも愉しいんでね」

「露出狂か。いい年齢こいて、くだらないことをやってんじゃねえ」

「なんだか最近は、むしゃくしゃすることが多いんだ。妻は息子を有名私立中学に入れることで頭が一杯で、こっちのことなんかまるでかまっちゃくれない。もう一年以上もセックスレスなんだよ。会社は会社で、わたしにデスクワークから外回りの仕事をやれなんて言いだしたしね。どっかでストレスを発散させないと、頭がおかしくなっちゃう」

「だからって、マラを露出するばかがいるかよっ」

土門は立ち上がって、立花のこめかみを蹴った。立花が動物じみた唸り声をあげ、四肢を縮めた。

「行こう」

土門は沙里奈を促した。二人は肩を並べて西門に向かった。

「とんだ尾行者だったわ。てっきり敵の回し者だと思ってたのに」

「仕方ないさ、そっちは捜査のプロじゃねえんだから」

「ごめんね、余計な手間を取らせちゃって」

「いいさ、気にすんなって。それより、どうも敵は警戒してるようだな」

「そんな感じね。このまま車で都内を流してても、敵は罠には引っかからないんじゃないかしら？　ね、手分けして、ネットカフェを回ってみない？」

「そうするか」

「わたしは新宿周辺を回ってみるわ。土門さんは、渋谷一帯をチェックしてみて」

沙里奈が言った。土門は無言でうなずいた。

代々木公園を出ると、二人はそれぞれの車に乗り込んだ。先に発進したのは、プジョーだった。土門はクラウンで渋谷に引き返した。何軒か当たってから、文化村通りにあるネットカフェに入ってみた。

客たちは思い思いに飲みものを口に運びながら、パソコンに向かっていた。若い男女が目立つ。外国人の姿もあった。

　土門は店内を歩き回り、大学生らしき男に声をかけた。

「この店には、よく来てるのかい？」

「しょっちゅう来てます。ぼく、彼女もいないしね。大学の講義もかったるいから、ここにいる時間が多いんすよ」

「そうか。おれはネットのことはよく知らないんだが、いろいろ闇サイトがあるらしいな」

「ええ、ありますね。ドラッグや改造銃をこっそり売ってる闇サイトもあるし、スワッピングとかＳＭクラブの誘いもありますよ」

「だろうな。〝報復屋〟のことは知ってるかい？」

「おたく、何屋さんなの？」

　相手が訝しげに訊いた。

「実は調査員なんだ。〝報復屋〟のことを知ってたら、教えてくれないか」

「もしかしたら、警察の人じゃないんですか？」

「違うって。おれは調査会社で働いてるんだ」

　土門は、あくまでも素性を隠しつづけた。刑事であることを明かしたら、相手の口が重くなると判断したからだ。

「そうですか。ぼく自身は〝報復屋〟のサイトにアクセスしたことはありませんけど、宮益坂（みやますざか）の『ダウンロード』ってネットカフェの店長がひどい目に遭（あ）ったって話を聞いたことはあります」

「その店長の名は？」

「青山（あおやま）さんです。下の名前はわかりません。三十歳ぐらいで、ちょっと暗い感じの男ですよ」

「その青山って店長は、〝報復屋〟に復讐（ふくしゅう）の代行をしてもらったんだな？」

「ええ、そうみたいですよ。青山さん、以前に働いてた電器量販店で上司からいじめられたらしいんです。それで結局、その会社を一年足らずで辞めざるを得なくなったそうです。それから六、七年経（た）ってるのに、よっぽど悔しかったのか、元上司に仕返しをする気になったようですね」

「で、〝報復屋〟に復讐の代行を頼んだわけか」

「ええ。〝報復屋〟は青山さんの元上司の自宅にマリファナを送りつけて、そのすぐ後、警察に密告電話を入れたみたいっすよ。恨（うら）みのある相手を犯罪者に仕立ててもらえたのはいいんだけど、青山さんは〝報復屋〟にあるネズミ講に入れと強要されたらしいんです」

若い男が言って、アイスコーヒーで喉（のど）を潤（うるお）した。

「なるほどね」

「それ以上の詳しい話は『ダウンロード』に行けば、わかると思います」

「行ってみるよ。ありがとな」

土門は相手の肩を軽く叩(たた)き、ネットカフェを出た。店の斜め前に駐(と)めたクラウンに乗り込み、宮益坂に向かう。

目的の『ダウンロード』は、宮益坂から一本奥に入った所にあった。雑居ビルの一階だ。土門はクラウンを店の前に駐めた。

すると、店内から顔色の悪い三十歳前後の男が飛び出してきた。

「ここに車を駐められるのは困るんですよ」

「わかってる。すぐにバックさせるつもりだったんだ」

「よろしくお願いします」

「あんた、店長の青山さん？」

「え、ええ。失礼ですが、どなたでしょう？」

「警視庁の者なんだ」

土門は懐(ふところ)から警察手帳を取り出し、短く呈示(ていじ)した。青山の顔に緊張の色がさした。

「〝報復屋〟のことで、ちょっと話を聞かせてほしいんだ」

「えっ⁉」

「別にそっちを逮捕(パク)りに来たわけじゃないから、そうびくつくなよ」

土門はクラウンを数メートル後退させ、すぐに車を降りた。

「あのう、お話は事務室でうかがいます」

「いいだろう。案内してくれ」

「は、はい」

青山が先に店内に足を踏み入れた。猫背(ねこぜ)のせいか、なんとなくひ弱そうに見えた。

土門は青山の後に従った。事務室は店の奥にあった。スチールデスクと長椅子があるだけで、おそろしく殺風景だった。

「どうぞお掛けください」

青山が手で長椅子を示し、自分は回転椅子に腰かけた。土門は長椅子に坐って、脚(あし)を組んだ。

「わたしが〝報復屋〟に仕返しの代行をしてもらったこと、誰から聞いたんでしょう?」

「相手の名は言えないな。そっちは、いつ復讐代行を依頼したんだ?」

「三カ月ほど前です」

「罠に嵌(は)めた元上司は、麻薬取締法違反で起訴されたんだな?」

「ええ。前科がないということで、執行猶予が付いたようです」

「〝報復屋〟は元上司が捕(つか)まると、すぐにネズミ講の会員になれと脅(おど)しをかけてきたのか?」

「ええ、そうです。ダイエット健康食品マルチの会員になることを強要されたんです。半月で十キロも痩せられる上に末期癌も治るという怪しげな食物を定価の二十五パーセント引きで卸してやるからと言われ、およそ二百万円分の商品を購入させられたんですよ。『ミラクル・ドロップス』という商品名でした」

「定価で売れれば、割引分がそっくり儲けになると言われたんだな？」

「その通りです。スーパーバイザーに昇格すれば、商品の割引が四十二パーセントになるから、サイドビジネスで百万円前後の収入は見込めるだろうという話でした。だから、子会員をどんどん獲得しろと言われました。ですけど、身内や友人を勧誘できただけで、子会員はほとんど増やせませんでした」

「だろうな」

「結局、投資した二百万円はほとんど騙し取られたようなもんです」

「そうか。『ミラクル・ドロップス』は、どこから送られてきたんだい？」

「ロサンゼルス在住のハロルド・スズキという日系アメリカ人が送り主になってました。確か同じ名で、元上司の自宅に国際宅配便でマリファナが大量に送りつけられたはずです。そのことは、テレビニュースで知ったんですよ」

「〝報復屋〟には、どんな方法で費用を払い込んだのかな？」

「指定された国内のメガバンクの口座に三十五万円振り込みました」

青山が答えた。

「どこの銀行？　口座の名義は？」

「みすず銀行新宿支店で、口座名義は東都商事でした」

「そう。〝報復屋〟のサイトのアドレスは？」

「その闇サイトは、もうありません。先月、消えてしまったんですよ。おそらく証拠隠滅のためでしょう」

「そうなんだろうか。〝報復屋〟のことはどんな方法で知ったんだ？」

「IT企業で働いてるホワイトハッカーたちが酒を飲みながら、裏サイトの情報交換をしてるんです。そういう場で〝報復屋〟のことを教えてもらったんですよ」

「そうなのか。『ミラクル・ドロップス』の荷送り人のハロルド・スズキの正確な住所を教えてくれないか」

土門は頼んだ。

青山が快諾し、事務机の引き出しを開けた。送り状を見ながら、メモを取った。

土門は紙切れを受け取り、ほどなく腰を浮かせた。『ダウンロード』を出ると、すぐに沙里奈のスマートフォンを鳴らした。

「もうネットカフェ回りはしなくてもいいぞ」

土門はそう前置きして、経過を手短に話した。

「そのハロルド・スズキとかいう日系アメリカ人が東都商事と組んで、復讐代行ビジネスと健康食品マルチで詐欺をやってるのね？」

「おそらく、そうなんだろう。おれは、これから新宿に行く」

「それなら、わたし、みすず銀行新宿支店の前で待ってるわ」

沙里奈が先に通話を切り上げた。

土門はスマートフォンを上着の内ポケットに戻し、クラウンに乗り込んだ。宮益坂を下り、明治通りに入った。JR新宿駅の近くにある目的のメガバンクの支店に着いたのは、およそ三十分後だった。銀行の前にプジョーが駐まっていた。

沙里奈が土門の車に気づき、フランス車の運転席から出てきた。土門はプジョーのすぐ後ろに車を駐めた。エンジンを切り、車を出る。銀行のシャッターは下りていた。

「おまえさんは、ここで待っててくれ」

土門は沙里奈に言いおき、銀行の通用口に足を向けた。守衛に刑事であることを明かし、預金係に会いたいと告げた。

守衛が内線電話を使って、連絡を取った。少し待つと、銀行の中から三十代後半の男性行員が姿を見せた。髪の毛を七三に分けた実直そうな男だった。

「お忙しいところを申し訳ない。ある事件の内偵捜査中なんですが、東都商事という会社がこちらの銀行に口座を開設してますよね？」

「その会社は、ひと月ほど前に口座を解約されました」

「解約されてるって⁉」

「はい。億単位の預金があったのですが、急に解約されたんですよ。会社関係の口座が突然解約になるケースは稀なので、東都商事さんが他行で不渡り小切手を出したのではないかと思いまして、顧客資料をチェックし直してみたんです。そうしましたら、届け出された所在地に東都商事という会社は存在しませんでした」

「つまり、架空名義の口座だったわけだ？」

「そういうことになりますね。税金対策などで架空口座をお使いになる法人や個人がいるんですよ、困ったことですがね。当行といたしましては、それらしい証明書類と銀行印を提示されたら、口座の開設を拒むことはできません」

「だろうな。正確な預金額は？」

「必要なら調べますが、少し待っていただくことになるかもしれません。いま、集計でバタバタしているところなんですよ」

「それなら、結構です。預金は解約に訪れた者が現金化して、持ち帰ったんですか？」

「そうだと思います」

「わかりました。どうもありがとう」

土門は礼を述べ、行員に背を向けた。

通用口から離れると、沙里奈が歩み寄ってきた。土門は経過をかいつまんで伝えた。

「東都商事が架空の会社なら、手がかりにならないわね」

「ああ。おれは今夜中にロス行きの機に乗る。ハロルド・スズキを締め上げてみらあ。おれの留守中に敵から連絡があるかもしれねえが、おまえさんは何か口実をつけて、呼び出しに応じないでくれ」

「犯人側の命令を突っ撥ねたら、人質の麻衣がひどい目に遭うわ」

沙里奈は不安そうだった。

「それは考えられるな」

「土門さん、どうしたらいい？」

「敵がおまえさんを誘き出そうとしたら、黒さんに相談するんだ。いいな。あの旦那なら、必ず力になってくれるだろう。できるだけ早くロスから戻るよ」

土門はクラウンに足を向けた。

2

サン・ペドロ通りに入った。

土門は、車を徐行運転させはじめた。ダウンタウンのホテルで借りた黒いシボレー・

モンテカルロは年式が旧かった。

サスペンションのどこかが壊れているようだ。坐り心地は悪かった。

ロサンゼルスに着いたのは現地時間の午後二時過ぎだった。土門は国際空港からタクシーに乗り、ダウンタウンの中心部にあるホテルにチェックインした。

十階の部屋で一息入れてから、シャワーを浴びた。カリフォルニアの空気は湿気が少ない。だが、長時間のフライトで体は汗に塗れていた。

バスルームを出たとき、スマートフォンが鳴った。沙里奈の身に何か起こったのか。

土門は一瞬、緊張した。

それは、すぐにほぐれた。発信者は黒須だった。悪徳弁護士は何人かに当たってみたが、〝報復屋〟に関する有力な情報は得られなかったと報告してきたのである。

土門はロサンゼルスにいることを告げ、経緯を語って電話を切った。それから間もなく部屋を出て、レンタカーを借りたのだ。

土門は上着のポケットから紙切れを抓み出した。きのう青山に渡されたメモだ。『ミラクル・ドロップス』の送り主のハロルド・スズキの住まいがこの通りにあることは間違いない。

通行人の半数は、日本人と思われる男女だ。漢字の軒灯も目立つ。

数百メートル先に、目的のアパートメントがあった。五階建てで、外壁はところどころ剝がれ落ちている。

　土門は消火栓の少し手前にレンタカーを停めた。車を降りると、十歳前後の黒人の少年が近づいてきた。

「おれに何か用か？」

　土門はブロークン・イングリッシュで問いかけた。

「おじさん、中国人？　それとも、日本人なのかな」

「おれは日本人だよ。それがどうした？」

「日本人なら、ちょっと教えてほしいことがあるんだ」

「何が知りたいんだい？」

「日本の女の人のあそこは、唇と同じように横に割れてるんだってね。それ、ほんとの話なの？」

　肌の黒い少年が好奇心に満ちた顔を向けてきた。

「誰がそんなでたらめを言ったんだ。どこの国の女だって、あそこは縦に割れてるよ」

「やっぱり、ハロルドのおっさん、ぼくに嘘ついたんだな」

「そのハロルドって、ハロルド・スズキのことかい？」

「そう。日系アメリカ人だよ。ハロルドのおっさんはこっちで生まれたんだけど、パパとママが日本人なんだ。ぼく、ハロルドのおっさんと友達なんだよ」

「ふうん。きみの名前は？」

「ジョージだよ。ジョージ・マクドナルドって言うんだ。おじさん、ハロルドのおっさんの知り合いなの？」

「うん、まあ」

「わざわざ日本から会いに来たのかな？」

「そうなんだ」

「ハロルドのおっさん、すごく喜ぶと思うよ。おっさん、あんまり友達がいないからね。それにアルカホリックだしさ」

「何か辛(つら)いことがあったんだろう」

　土門は話を合わせた。

「あれっ、おじさん、知らないの⁉　去年の春、ハロルドのおっさんの奥さんが交通事故で死んじゃったんだよ。ハルコおばさんも日系三世だったんだ。子供もいなかったから、張りがなくなったんじゃないかな。だから、泣いたり、バーボンを飲んだりして、働かなくなっちゃったんだ」

「以前は確か……」

「大型スーパーで働いてたんだよ。おじさん、知ってるよね？」

「もちろん、知ってるさ。あいつの部屋は何号室だったかな」

「四〇三号室だよ。ぼくが案内してあげる」

ジョージが言って、踊るような足取りで歩きはじめた。土門は肩を竦め、黒人少年の後に従った。

ジョージはアパートメントに入ると、階段を駆け昇りはじめた。エレベーターはなかった。土門は二段ずつステップを昇った。

四階に上がると、ジョージは四〇三号室のドアを強くノックした。

「おっさん、ぼくだよ」

「その声はジョージだな」

ドア越しに男の嗄れた声がした。滑らかな英語だった。

「日本からお客さんが来たよ」

「えっ、誰が来たって？」

「名前は知らないけど、おっさんの知り合いだよ。早くドアを開けなって」

ジョージが部屋の主に言い、土門に顔を向けてきた。土門はスラックスの右ポケットから何枚かのコインを摑み出し、ジョージに握らせた。

「サンキュー！　ハロルドと大事な話があるんだ」

「うん、わかった。それじゃ、バイバイ！」

ジョージが小走りに走りだした。そのまま勢いよく階段を駆け降りていった。

四〇三号室のドアが開けられた。

土門はドアを肩で弾いた。口髭を生やした五十絡みの細身の男が驚きの声を洩らし、床に尻餅をついた。土門は素早く部屋に入り、後ろ手にドアを閉めた。

「おたく、誰だよ？」

部屋の主が日本語で問いかけてきた。幾分、呂律が怪しい。真っ昼間からバーボンウイスキーを呷っていたのだろう。

「ハロルド・スズキだなっ」

「そうだけど、おたくがなんでおれの名前を知ってるんだ⁉」

「青山って男から聞いたのさ。渋谷の宮益坂にあるネットカフェの店長だ。知らないとは言わせないぞ」

「知らないな、そんな名前の男は」

日系アメリカ人が即座に言った。

「ふざけんな。あんたは〝報復屋〟に復讐代行を依頼した青山をマルチ商法のカモにして、『ミラクル・ドロップス』とかいう怪しげな健康食品を二百万円分も買わせただろうが」

「そんなことはしてない。ほんとだよ」

「しぶといな」

土門は言うなり、ハロルド・スズキの腹部に蹴りを入れた。前屈(まえかが)みになった相手の顎(あご)を蹴り上げる。骨が鈍(にぶ)く鳴った。

酔いどれ男が唸(うな)りながら、後ろに引っくり返った。

土門はハロルド・スズキを摑み起こし、ヘッドロックをかけた。飾り棚の角や壁に幾度も頭を叩きつけ、乱暴に足を払った。

ハロルド・スズキは横倒しに転がった。

「誰と組んで復讐代行ビジネスとインターネットを使ったネズミ講をやってやがるんだっ」

土門は声を張った。

「おたく、何を言ってるんだ⁉　おれが何か悪さしてるように見えるかっ。住んでるアパートはオンボロだし、ここには寝室が一つしかないんだぞ。一応、リビングスペースとダイニングキッチンはあるがな。バーボンだって、安いアーリータイムスを飲んでる」

「何かダーティー・ビジネスをしてたら、もっと贅沢(ぜいたく)な暮らしをしてるはずだと言いたいわけか？」

「そうだよ。誰かがおれを悪者に仕立てたにちがいない。だいぶ前から、ここに日本から苦情の手紙が何十通も届いて閉口(へいこう)してたんだ」

「どんな内容だったんだ？」

「『ミラクル・ドロップス』は効き目がないんで、買い込んだ商品を大量に抱えて困っているという手紙が圧倒的に多かったよ。それから、子会員に詐欺罪で訴えられそうだという抗議の手紙もあったな」

「そうした手紙はどうした？」

「全部、捨てちゃったよ」

「嘘じゃないなっ」

「疑うんなら、自分で部屋の中を検べてみろよ」

「ま、いいさ。この部屋にパソコンは見当たらないようだが、どこかに事務所を借りてるのか？」

「おれは何も仕事なんかしてないから、事務所なんて必要ないさ。それに、コンピューターは大っ嫌いなんだ。パソコンのキーボードにもマウスにも触ったことない」

ハロルド・スズキが肘を使って、上体を起こした。

「無職で毎日酒を喰らってられるんだから、いいご身分じゃないか」

「去年の春、女房がタクシーに撥ねられて死んだんだよ。そのときに貰った賠償金で喰いつないでるんだ。何年も喰える額じゃないんだが、なんか働く気になれなくてな。おれたち夫婦は、子供に恵まれなかったんだ」

「その話はジョージから聞いたよ。死んだ奥さんはハルコって名前だったんだって？」

「そうだよ。まだ三十五だったんだ。よく和食を作ってくれたな。たまにだけど、着物も着てた。日系三世のハルコは一度も日本に行ったことがないんだよ。だから、余計に祖父母の生まれた国に憧れてたんだろうな」

「あんたの家族の話にゃ興味がない。誰があんたを陥れたか思い当たるか？」

土門は訊いた。

「ひょっとしたら、グエン・ミッチャムがおれの名前と住所を無断で使って、『ミラクル・ドロップス』とかいう怪しげな健康食品を国際宅配便で送ってたのかもしれないな」

「そいつは何者なんだ？」

「ベトナム人だよ。アメリカがベトナム戦争で敗れたとき、家族と一緒にこっちに亡命したんだ。ロス市を縄張りにしてるベトナム系マフィアのボスで、五十七、八だよ」

「なぜ、グエンに勝手に名前を使われたと思ったんだ？」

「ハルコはある時期、ベトナム・レストランで働いてたことがあるんだ。そのとき、客のグエンが女房にひと目惚れして、言い寄ったんだよ。ハルコは貞淑な女だったから、相手にしなかった。グエンは子分に住まいを突きとめさせて、毎日のように花屋からブーケを届けさせた。ハルコが気味悪がりはじめたんで、おれはベトナム・レストランをやめさせたんだ」

「それで、グエンは横恋慕（よこれんぼ）をしなくなったのか？」

「いや、奴はしつこくハルコを追い回して、亭主と別れろと迫（せま）ったらしい。それで、自分の愛人になれと言ったそうだ。グエンはベトナム人の奥さんがいるのに、三、四人、愛人を囲ってるんだよ。それなのに、人妻にまで手を出そうなんて欲張りすぎる。当然、ハルコはグエンに肘鉄砲（ひじでっぽう）を喰らわせた。そんなことがあったんで、奴はおれを逆恨みして悪人に仕立てる気になったんじゃないのかな」

「グエンのほかに考えられる奴は？」

「いないね。おそらくグエンがおれに濡衣（ぬれぎぬ）を着せたんだろう。陰険（いんけん）な男だっ」

ハロルド・スズキが吐き捨てるように言った。

「話を戻すが、苦情の手紙はマルチ商法に引っかかった奴らからだけだったのか？」

「そうだよ。ただ一度だけ、ロス市警の刑事がここに訪ねてきて、妙なことを訊いたな。国際宅配便を利用して、日本に麻薬や拳銃を送ってるんじゃないかってね。まったく身に覚えがないと答えたら、荷送り主伝票の控えを見せてくれたんだ」

「それには、あんたの名と住所が書かれてたんだな」

「そうなんだ。びっくりしたよ。刑事はなんだか疑ってる様子で、ちょっと紙に氏名と住所を書いてみてくれって言った」

「で、どうしたんだい？」

「別に疚しい気持ちなんかないから、堂々とボールペンを走らせたよ。伝票の筆跡とは明らかに違うんで、刑事はわたしの言い分を聞いてくれたんだ」

「そうか」

「グエン・ミッチャムは国際宅配便を悪用して、麻薬や拳銃を日本の客に密売してるのかもしれないな」

「ドラッグや銃器は、第三者を犯罪者に仕立てるときの小道具にされてるんだ」

土門は〝報復屋〟のことを話し、彼らが復讐代行の依頼者たちを強引にマルチに引きずり込んでいる疑いがあると付け加えた。

「主犯は日本人で、グエンは共犯者なのかな？」

「おれはそう考えてる」

「そう。ところで、おたく、何者なの？」

「日本の刑事だよ」

「コップにしては、やり方が荒っぽいね。ロスのお巡りたちでさえ、おたくみたいなことはやらないぞ」

「おれは、同僚やギャングスターたちに〝不敵刑事〟と呼ばれてるんだ」

「まさに、そんな感じだね」

ハロルド・スズキが苦笑しながら、ゆっくりと立ち上がった。

「あんたの奥さんは、わざと轢(ひ)き殺されたのかもしれないな」

「えっ⁉」

「グエン・ミッチャムがタクシードライバーに金を払って、あんたのかみさんを撥(は)ねさせたとも考えられるんじゃないのか？」

「ま、まさか⁉　しかし、グエンなら、やりかねないかもしれないな」

「そうだったとしたら、おれがあんたの代わりにグエンを痛めつけてやろう。だから、奴のことをできるだけ詳しく教えてほしいんだ」

「いいとも。グエンはモーテル、レストラン、ナイトクラブ、旅行代理店、貴金属店、不動産会社なんかを手広く経営してる。それらは表のビジネスで、違法カジノ、コールガール斡旋(あっせん)、麻薬の卸元といった非合法ビジネスで荒稼ぎしてるんだよ。娼婦や客引きを相手に高利貸しもやってるな」

「事務所はどこに構えてるんだ？」

「ローズウッド通りだよ。場所、わかるかい？」

「いや、わからないな」

「それなら、おれが道案内してやろう。だけど、奴の事務所に乗り込むのは危険だぞ」

「子分どもが大勢いるんだな」

「そう。そいつらは短機関銃（サブマシンガン）を大っぴらに持ち歩いてるし、腰には手榴弾（しゅりゅうだん）を何個もぶら下げてるんだ」

「グエンの自宅はどこにあるのかな？」

「サンタ・モニカの邸宅街さ。海を一望できる丘の上にあるんだ。ビバリーヒルズの豪邸に負けないほどの立派な邸宅さ。母屋（おもや）のほかに離れが幾棟（いくむね）もあって、グエンは愛人たちをそこに住まわせてるって話だよ。母屋には本妻がいるってのに、よくやるもんだ。病的な女好きなんだろうな」

「おれも、女は嫌いじゃない」

「なら、グエンの愛人たちを姦（や）ってから、奴を痛めつけてやりなよ」

「それもいいな。自宅にも、当然、子分たちがいるんだろ？」

「いるだろうね。けど、事務所よりは少ないはずだ」

「それなら、サンタ・モニカの自宅に押し入ろう」

「あんた、丸腰なんだろ？」

「ああ」

「それじゃ、おれの護身用のピストルを貸してやろう」

「いいって。隙（すき）を衝（つ）いて、敵の武器を奪うさ」

土門は言った。

「相手は凶暴な連中なんだ。丸腰で邸内に忍び込んだら、問答無用で撃ち殺されるだろう」

「なんとか切り抜けるよ」

「大事を取りなって」

ハロルド・スズキは千鳥足で奥の寝室に向かった。土門は勝手にリビングソファに腰かけ、煙草に火を点けた。

半分ほど喫ったとき、日系アメリカ人が寝室から出てきた。右手に握っているのは、コルト・コマンダーだった。

「弾倉には五発しか入ってない。あいにく予備の弾を切らしててね。でも、丸腰よりは心強いだろう」

「せっかくだから、借りておくか」

土門は煙草の火を揉み消し、ソファから立ち上がった。コルト・コマンダーの安全装置は掛かっていた。借りた拳銃をベルトの下に差し込む。

「あんたの名前は?」

「土門だ」

「侍みたいな姓だね。ミスター・ドモン、ここにはタクシーで来たのか?」

「レンタカーだよ。古いシボレーだが、まだちゃんと走ってくれるだろう」

「アメリカの車は割に頑丈だよ。心配ないさ。それじゃ、行こう」

ハロルド・スズキが急かした。

二人は部屋を出て、ゆっくりと階段を下った。日系アメリカ人は手摺に摑まらなければ、足許が覚束なかった。

表に出ると、黄昏が迫っていた。ジョージという黒人少年の姿は見当たらなかった。

ハロルドを先にシボレーの助手席に坐らせ、土門は運転席に入った。エンジンは一発でかかった。日系アメリカ人の道案内でレンタカーを走らせはじめた。ダウンタウンからサンタ・モニカ・フリーウェイを西へ進み、海沿いに北上する。

「次のランプを降りたら、丘の上まで走ってくれないか」

「オーケー」

土門は指示された通りにシボレーを走らせた。邸宅が点在する丘陵地の坂道を登り切ると、ひときわ目立つ豪邸が視界に入ってきた。

それがグエン・ミッチャムの自宅だった。母屋はスペイン風の白い洋館で、それを取り囲む形で離れが建っている。別棟は、どれも山荘風の造りだった。

土門は正門の少し先で車を石塀に寄せた。エンジンを切り、ハンドブレーキを引く。

「酔いが醒めたら、あんたはこの車で自分のアパートに戻ってくれ」

「車の中でミスター・ドモンが戻ってくるのを待つよ。その代わり、グエンがおれの妻をわざと撥ねさせたのかどうか、しっかりと確かめてほしいんだ。そうだったんなら、奴を撃ち殺してくれ」

「それは引き受けた。しかし、おれを待つ必要はない。片をつけたら、おれは適当にホテルに戻るからさ。拳銃はレンタカーと引き換えに返すよ」

「本当に待たなくてもいいのか？」

ハロルドが確かめるように訊いた。

土門は黙ってうなずき、シボレーを降りた。標高があるせいか、夜気はひんやりと冷たい。土門は大股で歩きだした。グエン・ミッチャムの邸宅の周りを巡り、侵入口を見つけるつもりだ。

3

セキュリティーは万全だった。

邸内には、無数の防犯カメラが設置されていた。おそらく柵や石塀の上には、赤外線スクリーンが張り巡らされているのだろう。

どこから侵入すればいいのか。

土門は心の中でぼやきながら、足許の石塊を拾い上げた。すぐに石ころをグエン・

ミッチャムの邸内に投げ込んだ。

センサーは反応しなかった。どうやら柵や石塀の上には赤外線スクリーンは張られていないようだ。土門はにっと笑い、あたりの様子をうかがった。人っ子ひとりいない。むろん、車も見当たらなかった。

土門は邸宅の裏側にいる。海とは反対側だ。背後は林だった。

すでに夜だ。土門は石塀が途切れる箇所まで歩き、白い柵を乗り越えた。柵の際には、大きなパームツリーが連なっていた。

緩やかな斜面は青々とした西洋芝で覆われている。庭はとてつもなく広い。ゴルフ場に紛れ込んだような錯覚に陥りそうだ。

土門は芝の斜面を下って、最も手前の離れに向かって歩きだした。母屋の白い洋館は、はるか先にある。

しばらく歩くと、目的の別棟に達した。山荘風の造りの建物の窓から電灯の光が零れている。

土門は中腰で、広いサンデッキの下まで忍び寄った。ベルトの下からコルト・コマンダーを引き抜き、短い階段を昇る。

サンデッキに面した部屋は、白いレースのカーテンで閉ざされていた。土門はガラス戸に顔を寄せ、室内を覗き込んだ。

東南アジア系の女が大型液晶テレビでジャズダンスのレッスンDVDを観（み）ながら、しなやかな肢体（したい）を動かしていた。グエンの愛人のひとりなのだろう。美人だった。二十三、四歳だろうか。長い黒髪はポニーテールにまとめられている。緑色のたっぷりとしたTシャツを着ているが、豊かなバストは隠し切れない。下は白いショートパンツだった。

踊っている女を弾除（たまよ）けにするか。

土門は自動拳銃の銃把（グリップ）の角でガラスを叩いて、素早く外壁にへばりついた。コルト・コマンダーのスライドを引き、初弾を薬室（チャンバー）に送り込む。

レースのカーテンが横に大きく払われ、ガラス戸が開けられた。ポニーテールの女が首を突き出し、暗がりを透（す）かして見ている。

土門は、女の側頭部に銃口を押し当てた。女が喉の奥で短く呻き、全身を強張（こわば）らせた。

「大声を出したら、撃つぞ」

土門は片言の英語で凄（すご）み、素早く女の片腕を掴んだ。そのまま室内に入る。土門はドレープのカーテンを引いてから、コルト・コマンダーの銃口を女の乳房に移した。

「そっちは、グエン・ミッチャムの世話になってる女だな？」

「そうだけど、あなたは誰なの？」

女が流暢な英語で訊いた。

「その質問には答えられないな。ベトナム人か？」

「いいえ、タイ人よ。といっても、こっちで生まれたんで、国籍はアメリカだけどね」

「名前は？」

「ノイよ。あなた、日本人みたいね。やくざなんじゃない？」

「違うって。この建物には、そっちひとりだけなのか？」

「ええ、そうよ」

「いま、グエンはどこにいる？」

「きょうはメアリーの家に泊まる日だから、彼女のコテージにいると思うわ」

「メアリーというのは、グエンの愛人のひとりなんだな？」

土門は確かめた。

「そうよ。プラチナブロンドの元ショーダンサーで、腰の使い方がとっても上手なんだって。グエンったら、無神経よね。わざわざそんなこと、このわたしに言わなくてもいいのに」

「別棟に住んでる愛人は、ほかに誰がいるんだ？」

「メインハウスの向こう側のコテージにアンナという娘が住んでるわ。東部出身のヤンキー娘よ。美人だけど、頭はよくないの」

「メアリーのコテージはどこにある？」

「奥さんが住んでる母屋の横にあるわ。横といっても、メインハウスから四、五百メートルは離れてるけどね」

「おれをそのコテージまで連れてってくれ。そっちには、おれの楯(たて)になってもらう。グエンに会って確かめたいことがあるんだ」

「メアリーのコテージのある場所を詳しく教えるから、ひとりで行ってちょうだいよ。グエンは怒りっぽい性格だから、わたしが人質に取られたと知ったら、間抜け女と罵(ののし)って、拳銃を取り出すに決まってる。わたし、まだ死にたくないわ。だから、お願いを聞いて！」

ノイは早口で言うと、土門の前にひざまずいた。片腕を腰に回し、馴(な)れた手つきでスラックスのファスナーを一気に下げた。何も急ぐことはないだろう。

土門は脚(あし)をやや開いた。

ノイがせっかちな手つきでペニスを掴み出し、根元の部分をしごきはじめた。断続的に握り込まれているうちに、土門は次第に力を漲(みなぎ)らせた。

ノイが目をつぶり、亀頭に赤い唇を被(かぶ)せた。

土門は生温かい舌の先で鈴口をくすぐられ、笠(かさ)の下を舐(な)め回された。分身が勢いよく膨れ上がった。

ノイは胡桃に似た袋を揉みながら、狂おしげに舌を閃かせた。

舌技は巧みだった。男の性感帯を的確に刺激してくる。唇のすぼめ方も上手だった。ディープスロートにも技があった。

「寝室に案内してもいいわよ」

ノイがペニスの先端を浅くくわえながら、くぐもった声で言った。

「そうのんびりとはしてられねえんだ」

「それじゃ、ここであなたを満足させてあげるわ」

「そう気を遣うなって」

土門はコルト・コマンダーを握った右腕をだらりと下げ、ノイの頭部を左手で引き寄せた。

すぐに自ら腰を動かしはじめる。いわゆるイラマチオだ。フェラチオと違って、女は呼吸の加減ができない。ワイルドに突きまくると、ノイは肩で息を継ぎはじめた。

土門はノイの口腔を性器に見立てて、がむしゃらに突いた。

亀頭が喉の粘膜にぶつかるたびに、ノイは苦しげな表情を見せた。それでも彼女は、縮めた舌を健気にそよがせつづけた。

やがて、土門は爆ぜた。

その瞬間、脳天が白く霞んだ。背筋にも甘い痺れを覚えた。

ノイは喉を鳴らしながら、精液を呑み下した。一瞬の迷いも見せなかった。ためったら、侵入者を怒らせることになると判断したのだろう。

土門は最後の一滴まで舐め取られた。ノイは唾液でぬめったペニスを掌で丁寧に拭うと、おもねるように言った。

「日本人のザーメンって、おいしいのね。アメリカ人は白人も黒人も、ちょっと癖のある味なの。グエンのエキスはまずいわ」

「そうかい」

「いま、メアリーのコテージまでの地図を画くわ」

「その必要はない。そっちに弾除けになってもらう」

土門は萎えた陰茎をトランクスの中に戻すと、ノイを立ち上がらせた。

「あなたの精液まで呑んでやったのに」

「そうしてくれって頼んだ覚えはないぜ」

「それはそうだけど……」

「サンデッキに出ようや」

「待って。ここに数千ドルあるから、それをそっくりあげるわ。それで、勘弁してくれない？」

「金なんていらない」

「ああ、なんてことなの」

ノイが長嘆息する。土門は口の端を歪め、ノイを歩かせた。

二人はサンデッキを降り、敷地の中央部に向かった。

「メアリーの住んでる離れにグエンの手下はいるのか？」

「子分たちはメインハウスにいるはずよ。グエンが情婦のコテージにいるときは、絶対に手下の者は近づけないの。近くに子分がいたら、思いっ切りセックスを娯しめないでしょ？」

「だろうな。グエンは日本人と組んで、何かダーティー・ビジネスをやってるんじゃないのか？」

「そうなの⁉　わたし、彼の仕事のことはほとんど知らないのよ。もちろん、ただの実業家ではないことは知ってるけどね」

「ここで、日本人の男を見かけたことは？」

「一度もないわ。グエンはビジネスのパートナーを自宅に招いたりしないと思うわ」

「どうして？」

「彼はすごく警戒心が強いのよ。手下の者にも気を許してない感じなの」

「いつ寝首を掻かれるかしれないってわけか」

「多分、そう思ってるんでしょうね」

「不幸なボスだ。ところで、メアリーはグエンが泊まる日は厳重に戸締まりをしてるのか？」

「さあ、どうかしらね。わたしは彼が泊まる晩は寝室のドアをロックするだけで、玄関の内錠は掛けないわ。だって、これまで敷地内では物騒なことは起きてないから」

「それなら、メアリーも玄関のドアはロックしてないかもしれないな」

土門は口を結んだ。

二人は黙々と歩きつづけた。五、六分歩くと、左手にアルペンロッジ風の建物が見えてきた。二階建てで、かなり大きい。窓は明るかった。

「メアリーの家よ」

ノイが歩きながら、小声で告げた。

「そっちは何も言うな。グエンに余計なことを喋ったら、すぐにシュートするぞ」

「何も言わないわよ」

「いい子だ」

土門はノイの片手を取り、メアリーの住まいに忍び寄った。コテージの裏手に回り込む。

キッチンのドアはロックされていなかった。土門はノイを楯にして、そこから家屋の中に侵入した。階下に人のいる気配はうかがえない。

「先に階段を上がれ」

土門は低く命じた。

ノイが黙ってうなずき、ステップに足を掛けた。土門はコルト・コマンダーの銃口をノイの背中に突きつけながら、ゆっくりと二階に上がった。廊下の右側に三室が並んでいる。

「寝室はどこだ？」

「わたしのとこと同じ造りなら、一番奥の部屋よ。でも、グエンとメアリーが寝室にいるかどうかわからないわ。彼は、いろんな場所でセックスするから。バスルームとか屋根裏部屋とかでね。プールの中でもセックスするの」

「一応、最初に寝室をチェックしてみよう。重心を爪先にかけて、足音をできるだけ殺すんだ。いいな！」

土門は拳銃のセーフティーロックを外し、ノイの背を押した。

間もなく寝室に達した。土門はノブに手を伸ばした。内錠は掛けられていなかった。ドアを静かに開ける。

奥から女の喘ぎ声が響いてきた。ベッドマットの弾む音も耳に届いた。どうやらグエン・ミッチャムは、メアリーと情事に耽っている最中らしい。

土門は顎をしゃくった。

ノイが短く迷ってから、先に寝室に入った。土門はつづいた。

広い寝室だった。ほぼ中央に、天蓋付きの巨大なベッドが据えられている。

プラチナブロンドの女が色の浅黒いアジア系の男の上に跨がり、腰を弾ませていた。

どちらも全裸だった。

「グエンとメアリーだな？」

土門はノイに訊いた。ノイが無言で、二度うなずく。

メアリーは後ろ向きだった。背を反らせ、白いヒップをくねらせている。

仰向けに横たわったグエンは目を細め、ゆさゆさと揺れるメアリーの乳房を眺めていた。頬骨が高く、頬の肉は薄い。貧相な顔立ちだが、ある種の凄みを漂わせている。

ベッドの二人は、侵入者にまるで気づいていない。土門はノイの片腕をしっかと摑むと、空咳をした。

メアリーが奇声を発し、パトロンから慌てて離れた。恥丘のピュービック・ヘアは、きれいに剃り落とされていた。珊瑚色の亀裂は潤みをにじませ、うっすらと光っている。

「誰なんだっ」

グエンが英語で咎め、上体を起こした。

土門は銃口をグエンに向け、メアリーを壁際に立たせた。

「この男は日本から来たみたいよ。あなたに用があるんだって」

　ノイがグエンに言った。

「そいつは、おまえのコテージに押し入ったようだな？」

「ええ、そうなの。ジャズダンスの練習をしてたら、サンデッキから押し入ってきたの。怖かったわ」

「ノイ、その男に姦（や）られたんじゃないのか？　そうだったら、おまえはお払い箱だ」

「おかしなことは何もされてないわ。レイプはされなかったし、お金も要求されなかった。ただ、あなたのいる場所に案内しなければ、撃ち殺すって言われたんで、仕方なく……」

「おれを売るような真似（まね）をしやがって」

　グエンが長い枕をノイに投げつけた。それはノイの腰に当たり、フロアに落ちた。

グエンはノイを睨（にら）みつけながら、ブランケットで硬度を失いかけている分身を隠した。

「あんた、日系アメリカ人のハロルド・スズキの名を騙（かた）って復讐代行ビジネスとマルチ商法で詐欺を働いてるな？」

　土門はグエンに詰め寄った。

「おまえのめちゃくちゃな英語は、よくわからんな。知りたいことを簡潔に言ってみろ」

「ハロルド・スズキのことは知ってるなっ」

「そんな奴は知らん」

「去年、交通事故で死んだハルコの亭主だ。あんたはハルコに言い寄って、愛人のひとりにしようとしただろうが！」

「………………」

「ハルコにフラれたんで、あんたはタクシーの運ちゃんに小遣いをやって、彼女を轢き殺させたんじゃねえのか。え？」

「そんなことはさせてない。おれはハルコが好きだったんだ。彼女は運悪く交通事故に遭ってしまったんだよ。ハロルドが何を言ったか知らんが、おれは絶対にハルコを殺らせちゃいない」

「やっとハロルドのことを認めたな」

「あっ、しまった！」

グエンが悔やむ顔つきになった。

「おまえはハロルドの名前と住所を無断で使って、〝報復屋〟の客たちが恨みを持ってる相手に国際宅配便でドラッグや拳銃を送りつけた。日本にいる共犯者が警察に密告電話をして、狙った相手を犯罪者に仕立てる。それだけじゃない。おまえは復讐代行の依頼人たちを一種のネズミ講に引きずり込んで、『ミラクル・ドロップス』といういかがわしい健康食品を大量に買わせてやがる。青山というネットカフェの店長から、マルチ商法で二百万ほど騙し取ったなっ」

「おれはそんなことはしてねえ」

「粘っても無駄だぜ」

土門はグエンに言って、ノイに床の枕を拾わせた。長い枕を受け取り、ベッドに近づく。

「お、おまえ、何を考えてるんだ⁉」

「素直な男にしてやろう」

「おれを撃つ気なのかっ」

グエンが目を剝いた。白い鞏膜の毛細血管が浮き立っている。

土門はグエンの左肩に長い枕を押し当て、銃口を深く埋めた。蕩けるような笑みを浮かべ、無造作にコルト・コマンダーの引き金を絞った。

くぐもった銃声は小さかった。コテージの外には洩れなかっただろう。

グエンが長く呻き、ヘッドボードに深く凭れかかった。

土門は枕を外した。銃創から血糊が噴いている。射入口は小さかったが、出血は夥しい。

「正直になれそうか？」

「おれは何か誤解されてるようだな」

「粘(ねば)るじゃねえか」

「また撃ちやがるのかっ」

グエンの声は裏返っていた。土門は枕をグエンの腹に押し当て、二発目の銃弾を浴びせた。グエンが横向きになって、ひとしきり唸った。

「あんた、その人を殺したら、ロスから生きて出られないわよ。グエンには数千人の子分がいるんだから」

メアリーが震え声で言った。

「口出しするな」

「あんた、死んでもいいの⁉」

「黙ってろっ」

「でも……」

「おれを怒らせたいのか。上等だ。グエンの男根(ディック)をしゃぶって、エレクトさせてやれ。やらなきゃ、そっちを撃つ」

土門は銃口を金髪美人に向けた。

メアリーが怯(おび)え、ベッドに歩み寄った。苦痛に顔を歪めているグエンを仰向けにすると、萎(しぼ)んだペニスをくわえた。グエンが弱々しい声で、メアリーを叱(しか)りつけた。

それを黙殺し、メアリーは口唇愛撫に熱を入れた。十分ほど経つと、ようやくグエンは勃起した。

「思いっ切り噛め。噛まなかったら、そっちの頭が吹っ飛ぶぜ」

土門はメアリーに声をかけた。

数秒後、グエンが凄まじい悲鳴を放った。メアリーがパトロンに詫びながら、ベッドから離れた。彼女の口からは、血の条が垂れている。シュールな眺めだった。

「これ以上おれを苛つかせたら、おまえの急所を撃つ！」

土門はグエンに告げた。

「おれは知り合いの日本人に頼まれて、ハロルド・スズキの名前を使い、指定された人物の自宅に麻薬や安物の拳銃を国際宅配便で送っただけだよ。報復ビジネスとマルチ商法詐欺をやってるのは、その男なんだ」

「そいつの名は？」

「言えない、それは言えねえよ」

「なら、言えるようにしてやろう」

「今度は何をする気なんだ⁉」

グエンが体を竦ませた。

土門はふたたび蕩けるような笑みを拡げ、焦げた枕をグエンの下腹部に宛がった。

枕の中央に銃口を沈め、引き金を一気に絞る。

グエンが雄叫(おたけ)びめいた声をあげた。枕の下から鮮血が流れはじめた。

メアリーとノイが相前後して悲鳴を放ち、その場にしゃがみ込んだ。

「誰に頼まれたんだっ。早くそいつの名を言いやがれ！」

「ミスター・カキザキだよ」

「柿崎修司(かきざきしゅうじ)のことか？」

「そうだ。もう赦(ゆる)してくれーっ」

グエンが掠(かす)れ声で言い、そのまま気絶した。

柿崎は裏経済界で暗躍している男だ。四十六歳で、前科歴もある。土門は柿崎の引き起こした事件の捜査をしたことはなかったが、悪名は知っていた。顔写真も見たことがある。

「しっかりして！」

ノイが膝立ちになって、グエンの体を揺さぶった。グエンは白目を晒(さら)し、全身を痙攣(けいれん)させている。

「あなた、死なないで」

メアリーが大声で言い、グエンにしがみついた。

土門は寝室を飛び出し、階段を駆け降りた。侵入口からコテージを出て、すぐに庭木の中に走り入った。

母屋の方に目をやったが、人影は近づいてこない。土門は柵まで走り、邸の外周路に出た。コルト・コマンダーの安全弁を掛け、ベルトの下に突っ込む。外周路を下ると、シボレー・モンテカルロは同じ場所に駐めてあった。

土門は車内を覗き込んだ。

日系アメリカ人は後部座席に横たわり、寝息をたてていた。運転席のドアを開けると、ハロルド・スズキが目を覚ました。

「無事に戻れたか。ずっと心配してたんだ」

「なぜ、先に帰らなかった？」

「おれはアメリカ生まれだけど、日本人だからな。同胞を放ったらかして、先に逃げたりできないよ。で、グエン・ミッチャムはいたのか？」

「ああ、いたよ。愛人の金髪女とファックしてた。奴は、やっぱり、おたくの名を無断で使ってた。しかし、グエンは日本の経済やくざに手を貸しただけみたいだな。それから、奴はハルコさんをわざと轢き殺させたわけじゃなさそうだ」

「そうか。それじゃ、グエンを少し痛めつけただけなんだ？」

「いや、三発ぶち込んでやった。最後は急所にぶち込んでやったよ」

「そいつはいいや。それじゃ、もう奴は女を抱けなくなったわけだ？」

「ああ、おそらくね」

土門はイグニッションキーを勢いよく回した。

4

フィレステーキは口の中で蕩(とろ)けた。

土門はホテルのグリルで、ハロルド・スズキと夕食を摂(と)っていた。

アルコール依存症気味の日系アメリカ人とすぐに別れるのは名残惜(なごりお)しい気がして、食事に誘ったのだ。

「こんなにうまいステーキを喰(く)ったのは久しぶりだよ」

ハロルドがナイフで肉を切り分けながら、満足げな表情で言った。

「おたくには迷惑をかけちまったからな。そのお詫(わ)びのつもりで飯を奢(おご)る気になったんだ」

「気を遣(つか)ってもらって悪いね。おれ、あんたのことを見直したよ。ただの乱暴な男じゃないな。ちゃんと自分の行動美学みたいなものを持ってる感じだよ」

「おれは、ただの暴れん坊だよ。気に入らない奴がいたら、とことんやっつけるだけさ」

土門は面映かった。

「あんた、いわゆる漢だよ」

「そんなお世辞を言わなくても、ちゃんとレンタカーでおたくをサン・ペドロ通りのアパートメントまで送るって」

「家にはタクシーで帰るよ。ここからなら、料金はたいしてかからないから。それはそうと、グエンの言葉を鵜呑みにしてもいいのかね？　奴は狡くて抜け目がないようだからな」

「三発もぶち込んでやったんだから、奴は嘘なんかついてないだろう」

「そうだろうか。どうせなら、グエンなんかくたばればいいんだ。野郎はハルコに不愉快な思いをさせて、おれの名を騙ったんだから、赦せないよ。しかし、グエンはベトナム系マフィアの親玉だ。おれが自分でお仕置きできればいいんだが……」

「出血量が多けりゃ、グエンは死ぬだろう」

「そうなってほしいね。あんた、このホテルに一泊しただけで、明日、日本に帰っちゃうのか。なんか残念だな」

「縁があったら、また会おう」

「そうだな。さっき返してもらったコルト・コマンダー、あんたにプレゼントするよ。おそらくグエンの手下どもがロス空港に張り込むだろうからさ」

「そうだとしても、丸腰で平気だよ」

「用心のために持ってたほうがいいって」

ハロルドが言い張り、フォークを口に運んだ。

二人は会話を中断させ、食べることに専念した。

轟麻衣を監禁しているのは、経済やくざの柿崎と思われる。柿崎が復讐代行ビジネスと健康食品のマルチ商法詐欺をやっているにちがいない。

土門は食事をしながら、そう思った。

先に食べ終えたのはハロルドだった。土門はデザートを勧めたが、彼は首を横に振った。

「もう何も入らんよ。そろそろ帰る。長く一緒にいると、別れが辛くなるからな。達者で暮らしてくれ」

「おたくもな。ジョージによろしく伝えてくれないか」

土門は右手を差し出した。ハロルドが強く握り返してくる。

「ジョージに変なことを教えないほうがいいぜ」

「変なこと？」

「ああ。おたく、あの坊やに日本の女のあそこは横に割れてるんだと言ったらしいね」

「ジョージの奴、冗談を真に受けちまったのか」

「そうなんだろう」

「あいつ、まだ子供だな。こっちは冗談で言ったんだがね。でも、あの子はかわいいよ。父親が麻薬の売人をやってて、いま服役してるんだ。母親は三人の子供を育てるため、昼も夜も懸命に働いてる。寂しい思いをしてるからか、ジョージはおれの部屋によく遊びに来るんだ」

「せいぜいかわいがってやりなよ」

土門は握手を解いた。

ハロルドが立ち上がって、グリルを出ていった。背中に哀愁がにじんでいた。

土門はステーキを平らげると、コーヒーを啜った。スマートフォンを使って沙里奈に電話をかけてみたが、通じなかった。どうやら彼女は電波の届かない場所にいるらしい。

土門はスマートフォンを懐に戻し、煙草をくわえた。

ふた口ほど喫ったとき、若い白人の女がテーブルに近づいてきた。髪はブルネットで、瞳は澄んだスティールブルーだった。二十代の半ばだろうか。

「ちょっと話をさせてもらってもいい？」

立ち止まると、女はにこやかに語りかけてきた。土門は小さくうなずき、目顔で坐るよう合図した。

女は、さきほどまで日系アメリカ人が腰かけていた椅子に浅く坐った。スカートは、マイクロミニだった。脚を組まなければ、パンティーが見えてしまうのではないか。化粧が濃い。ルージュは真紅だ。素人娘ではないだろう。

「ペギーよ。あなた、日本からの旅行者なんでしょ？」

「ああ。このホテルに泊まることになってるんだ」

土門はブロークン・イングリッシュで答えた。

「ひとり旅よね。よかったら、あたしとお部屋でいいことしない？」

「いくらなんだ？」

「ひとり三百ドルよ。あたし、いつも友達と組んで仕事をしてるの。3Pって、すごくエキサイティングよ。ね、どうかしら？」

「友達はどこにいるんだ？」

「ロビーで待ってるの。プエルトリコ人だから、肌の色はちょっと黒いんだけど、なかなかの美人よ。それにテクニックも抜群なの。その娘、マルガリータって名前なんだけど、まだ二十一なんだ。おっぱいなんか、プリプリしてるわよ」

「オーケー、三人でプレイしよう」

土門は伝票にサインをすると、ペギーと一緒にグリルを出た。ロビーの隅で待っていたマルガリータは確かに美しかった。

土門は二人の娼婦を伴って、自分の部屋に入った。ツインの部屋で、片方のベッドはセミダブルだった。

土門は二人の女に三百ドルずつ払った。

「シャワールームで待ってるわ」

ペギーが土門にそう言い、マルガリータの手を取った。二人はバスルームに消えた。

土門は一服してから、衣服を脱いだ。素っ裸でバスルームに入る。ペギーがシャワーヘッドを手に持ち、マルガリータの小麦色の肌に湯の矢を当てていた。

どちらもグラマラスで、ウエストは深くくびれていた。マルガリータの恥毛は艶やかに黒く光っている。まるでオイルをまぶしたようだ。

ペギーの飾り毛は、髪の色よりも濃い茶色だった。ハートの形に剃り整えられている。

「あなたの息子、元気がないのね」

マルガリータが土門のペニスをぎゅっと握り、左の掌にボディーソープをたっぷりと落とした。泡立ててから、彼女は洗い場に片膝をついた。

土門は分身を揉み込むように洗われた。

マルガリータは指先を肛門にも這わせた。ペギーがシャワーヘッドをフックに掛け、たわわに実った乳房を土門の胸に密着させた。ピンクの乳首は小さかったが、乳暈は大きい。腫(は)れ上がったように盛り上がっている。

土門はペギーのヒップを片手でまさぐりはじめた。

ペギーが小さく喘(あえ)ぎ、唇を重ねてきた。土門はバードキスをしてから、ペギーと舌を絡(から)めた。舌の根まで吸い合った。

マルガリータがペニスをリズミカルに刺激した。

土門は、ほどなく猛(たけ)った。マルガリータが手早く白い泡を洗い落とす。

二人の娼婦は土門の足許にうずくまると、昂(たか)まった陰茎(いんけい)を両側から舌の先でなぞりはじめた。

二枚の舌は根元から亀頭まで滑り、合流点で戯(たわむ)れ合った。なんとも煽情的だった。

同じことが十回近く繰り返され、そのあとペギーとマルガリータは交互に土門を深くくわえた。

どちらも舌技に長(た)けていた。片方がペニスをしゃぶると、もう片方は土門のふぐりを吸いつけた。後ろのすぼまった部分も舌の先でくすぐった。

「そろそろベッドに行こうや」

土門は頃合(ころあい)を計(はか)って、二人に言った。

ペギーが先に土門の濡れた体にバスタオルを当て、自分の肌も拭(ぬぐ)った。マルガリータもバスタオルを使った。

やがて、三人はセミダブルのベッドに移った。

ペギーは土門を仰向けにさせると、すぐに股の間に入った。土門は吸われ、弾かれ、削がれた。マルガリータが土門に斜めに覆い被さり、口唇をさまよわせはじめた。彼女は舌の表と裏に一個ずつピアスを埋めていた。

真珠のようなピアスが肌に触れるたびに、土門は奇妙な心地よさを覚えた。指を滑らされるよりもハードな感触だが、決して不快ではない。

土門はマルガリータの乳房を交互に愛撫した。乳首は痼っていた。

「あたし、感じてきちゃった。もう濡れちゃってる」

マルガリータがあけすけに言い、腰を浮かせた。土門は利き腕をいっぱいに伸ばし、マルガリータの股ぐらを探った。

恥毛の底で、小突起は誇らしげに屹立していた。その部分を指の腹で圧し転がすと、マルガリータは淫らな呻きを切れ切れに洩らしはじめた。

土門は指先で愛らしい肉の扉を押し開いた。

マルガリータは熱くぬかるんでいた。土門は襞の奥に二本の指を潜らせ、Gスポットと膣口を擦り立てた。マルガリータが身を揉んで、腰をくねらせる。湿った音が寝室に拡がった。

「舐めてやろう」

土門はマルガリータに声をかけた。その言葉を待っていたように、マルガリータは土門の顔の上に打ち跨がった。前向きだった。

「仕事でこんなに感じたのは初めてよ」

マルガリータが言いながら、掌で黒々とした繁みを掻き上げた。暗紫色の合わせ目は綻んでいた。

土門は舌を伸ばし、マルガリータの秘部を慈しみはじめた。

二枚のフリルを吸いつけ、舌で捌く。内奥をくすぐり、小突起を打ち震わせた。

四、五分経つと、マルガリータは頂点に到達した。女豹じみた唸り声を撒き散らしながら、裸身を鋭く硬直させた。

「あっ、狡いわ。マルガリータ、自分だけいい思いしちゃってさ」

ペギーが不満を洩らし、いきなり騎乗位で体を繋いだ。

土門は軽い失望を味わった。

ペギーの器は締まりがよくなかった。

「おまえら、おれが客だってことを忘れちまったのか」

土門は皮肉たっぷりに言って、ペギーを下から突き上げはじめた。ペギーは突き上げられるたびに淫蕩な声をあげたが、内奥は緩んだままだった。

土門はペギーを離れさせ、二人の娼婦を四つん這いにさせた。

二頭立ての馬車で娯しませてもらおう。

土門は、マルガリータの中に反り返った男根を突き入れた。内奥は締まっていた。襞の群れが吸いつくようにまとわりついてくる。

土門は突き、捻り、また突いた。深度も加減した。

マルガリータがマシーンのように腰を振りはじめた。と、ペギーが焦れったそうにせがんだ。

「こっちにも突っ込んでよ」

「わかった、わかった」

土門は苦笑して腰を引いた。横に動き、ペギーの腰を抱えた。刺すように貫くと、ペギーは背を大きく反らせた。産毛が光った。

土門はがむしゃらに突いた。

しかし、ペギーの体はいっこうに緊縮しない。土門はいったん結合を解き、ペギーの双丘を大きく開いた。アヌスに亀頭を押し当て、ぐっと腰に力を入れる。わずかに押し返されたが、ほどなく先端は埋まった。

「あたし、アナル・セックスのほうが好きなの。前は使いすぎたんで、感度が鈍くなっちゃったみたい」

ペギーが息を弾ませ、尻を振りはじめた。

土門は根元をきつく締めつけられ、思わず声を洩らしてしまった。膣とは比較にならないほど狭い。

土門はダイナミックな律動を加えはじめた。

その直後、首の後ろに尖った痛みを覚えた。注射針を突き立てられたようだ。土門は首を捩った。注射器を手にしたマルガリータがすぐ背後にいた。

土門はペギーを突き飛ばし、マルガリータをベッドから払い落とした。注射器のポンプは、すでに空になっていた。

「てめえら、アマゾネス軍団の一味なのかっ。それにしちゃ、体格が小せえな」

「アマゾネス軍団って何よ？　わけわからないこと言ってないで、早く眠りなさいよっ」

ペギーが起き上がった。

「マルガリータはおれに麻酔注射を打ったんだな」

「そうよ。ある人にあんたを眠らせてくれって頼まれたんで、３Ｐを持ちかけたってわけ」

「グエン・ミッチャムの子分の誰かが、おまえら二人を雇ったんだな？」

「あたしとマルガリータに千ドルずつくれたのは、あんたと同じ日本人よ」

「そいつは、このロスにいるのか？」

「ええ、いるわ」

「その野郎の名前を言わないと、首の骨をへし折るぞ」

土門はベッドを滑り降りた。

ペギーが壁際まで退がった。マルガリータはベッドの向こうにいた。女たちを雇ったのは、柿崎修司なのかもしれない。

土門はペギーに向かって歩を進めた。

数メートル歩いたとき、急に視界がぼやけた。足腰にも力が入らなくなった。

二人に千ドルずつ渡した相手の名を吐かせるまでは倒れるわけにはいかない。

土門は懸命に歩きつづけた。

しかし、二メートルも進まないうちに不意に意識が混濁した。土門は床に頽れた。

それきり何もわからなくなった。

それから、どれだけの時間が経過したのか。

土門は全身に小さな振動を感じ、ふと我に返った。クルーザーの甲板に転がされていた。

裸ではなかった。トランクスと長袖シャツを着せられていた。両手と足首は、樹脂製の白いバンドで括られている。結束バンドだ。

クルーザーは航行中だった。十ノット前後の速度だろう。下から波のうねりが伝わってくる。近くに人の姿はない。

太平洋を航行しているのか。あるいは、メキシコ湾内を滑っているのだろうか。夜空には、無数の星が瞬いている。潮風が強い。

土門はもがきながら、両手首を捻った。

縛めは少しも緩まなかった。両手は前で縛られていた。

土門は何度か反動をつけて、上半身を起こした。

両手首を顔に近づけ、結束バンドの結び目に前歯を当てる。歯で結び目をほどこうと試みたが、徒労に終わった。

舌打ちしたとき、船室から白っぽいスーツを着た中年男が現われた。東洋人だ。

土門は目を凝らした。近寄ってくる男は柿崎修司だった。

「おめざめか」

「てめえが二人の娼婦に千ドルずつやったんだな?」

「そういうことだ。グエン・ミッチャムは出血多量で死んだよ。急所をまともに撃たれたんじゃ、無理もない」

「〝報復屋〟とマルチ商法詐欺で荒稼ぎしてたのは、てめえだったのか」

「グエンにはいろいろ協力してもらったが、あいつは別に共犯者じゃない。ただの協力者ってとこだな」

「てめえが誰かを使って、轟麻衣を拉致させたんだろ？　その前に久世沙里奈を引っさらわせようとしたが、それは成功しなかった。そうなんだなっ」

土門は語気を荒らげた。柿崎は薄く笑っただけだった。

「ジョアンナたちは元女兵士なんだろ？」

「その通りだ。あの女たちは、なかなか優秀だよ。熱海の廃業したホテルでは、ヘマをやったがな。だが、取り返しのつかないミスじゃない」

「てめえは疑心暗鬼（ぎしんあんき）を深めたようだが、沙里奈はまだ正体を突きとめたわけじゃなかったんだ。なのに、彼女の同居人を人質に取って、なんとか沙里奈を生け捕りにしようとした。強迫観念に駆られたんだろうが、無駄なことをしたもんだぜ」

「誰にも早とちりはあるだろうが。あんたはグエンがおれの協力者だったことを嗅ぎつけた。だから、生かしておくわけにはいかなくなったんだよ。いずれ久世沙里奈って女も葬らなきゃな。あんたが電話で、グエンのことを教えたろうからな」

「沙里奈には何も喋っちゃいない。それに監禁されてる銅版画家は何も知らねえんだ」

「確かに轟麻衣は何も知らなかったよ。しかし、もう目黒のマンションにもアトリエにも戻らせるわけにはいかないな。そのうち沙里奈と心中（しんじゅう）してもらうつもりだよ」

柿崎がそう言い、高く指笛を鳴らした。すると、船尾の方から二人の黒人がやってきた。どちらも大男だった。二（に）の腕は丸太のように太い。

「おれを海の中に投げ込ませる気だなっ」

土門は言った。

「そうだ。ゴムシートで口を塞いでもいいんだが、それじゃ数分でくたばるから、面白みがない。海水をたっぷり飲んでから、ゆっくりと死んでくれ」

「くたばるもんかっ」

「まだ虚勢を張る気か」

柿崎が鼻先で笑い、屈強な二人の黒人に目配せした。土門は肩を振り、頭突きで反撃した。

だが、長くは抵抗できなかった。二人の男に抱え上げられた。男たちは土門を振り子のように揺さぶり、墨色の波間に投げ落とした。

土門は海中に没すると、ドルフィンキックで浮力をつけた。体が浮き上がり、海面に達した。仰向けになろうとしたとき、大きなうねりに呑まれた。

体は下向きになってしまった。そのまま深みに引き込まれる。

土門はだいぶ海水を飲んだが、決して諦めなかった。ドルフィンキックを使って、波間に仰向けに浮かんだ。

だが、すぐに横波を受けて体が反転してしまう。それでも土門は挫けなかった。失敗を重ねるうちに横波を躱す要領を摑んだ。

柿崎の乗ったクルーザーは、とうに遠ざかって見えない。

「誰かいねえのか?」

土門は仰向けで波間を漂いながら、声を限りに叫んだ。

しかし、近くに船影はなかった。土門は、救いの声をあげつづけた。

海水で体の芯まで冷え切ったころ、船のエンジン音が響いてきた。漁船か、貨物船だろう。

「ヘルプ・ミー、ヘルプ・ミー!」

土門は高く叫びつづけた。

すると、十トン前後の漁船が近くでスクリューを逆回転させた。波が大きく立ち、土門は海中に沈みそうになった。

浮上したとき、漁船の甲板からフック付きの長い棒が差し出された。フックは土門の胴を噛んだ。

船上には、青いニット帽を被った四十歳前後の男がいた。白人で、小太りだった。

土門は引き寄せられ、船内に引き揚げられた。

「悪い奴に海に投げ込まれたんだな。待ってろ、いま体を自由にしてやる」

男はサムと名乗ってから、手早く結束バンドをほどいた。土門は礼を言って、立ち上がった。

「あんた、日本人か？」

「そうだ」

「東洋人の男は、なんか少年っぽいな。キュートだよ」

「ここは太平洋なのか？」

「ああ、ロス沖さ。体が冷たいだろ？　こっちに来なよ」

サムは土門を船室に導くと、毛布を差し出した。土門は毛布を受け取り、肩に羽織(はお)った。

「こいつを飲めば、少しは体が温(ぬく)もるだろう」

サムがワイルドターキーの壜(びん)を差し出した。中身は半分以上残っていた。

土門は軽く頭を下げ、バーボンウイスキーをラッパ飲みした。喉が灼(や)け、胃が熱くなった。

「何か礼をしたいんだが、あいにく札入れも服もホテルの部屋なんだ」

「礼なんていいって。体が温(あたた)かくなったらさ、ちょいとおれの男根(ディック)をしゃぶってくれよ。おれ、女が苦手なんだ。前々から、東洋の男を一度抱いてみたかったんだよ。いいだろ？」

サムが舌嘗(したなめず)りしながら、擦(す)り寄ってきた。全身から魚臭を立ち昇らせている。

「悪いな。こっちは女一本槍(いっぽんやり)なんだ」

土門はボトルを逆手に持つなり、サムの額に叩きつけた。サムは後方にぶっ倒れた。目を白黒させながら、気を失った。脳震盪を起こしたようだ。土門は船室から操舵室に回った。オートパイロットにして、エンジンをかける。

漁船はゆっくりと走りはじめた。

甲板には結束バンドが落ちていた。二本の樹脂製のバンドを拾い上げ、船室に戻る。

土門はサムの両手と両足を結束バンドで縛り上げ、目で煙草を探した。

近くのカウンターの上に、ラッキーストライクとライターが載っていた。土門はカウンターに歩み寄り、ラッキーストライクをくわえた。

柿崎は、まだロスのどこかにいるだろう。必ず捜し出して、ぶっ殺してやる。

土門は胸奥で吼え、煙草を深く喫いつけた。

第三章　手強（てごわ）いアマゾネス軍団

1

灯火（とうか）が見えてきた。

漁港の灯（あか）りだ。土門は操舵室（そうだしつ）を出て、船室に足を向けた。

船内にあったサムのトレーナーとコットンのパンツを身につけていた。海水に濡れたトランクスは、体温でほとんど乾いている。

土門は船室に入った。サムは床に転がったままだったが、だいぶ前に意識を取り戻していた。

「おれが悪かったよ。もうおかしなことは言わないから、結束バンドをほどいてくれないか」

「そうはいかない」

「頼むから、手足を自由にしてくれよ」

「同じことを何度も言わせるな。そっちの靴のサイズは？」

「七インチだよ」

「そうかい。ちょいと借りるぜ」

土門はサムのワークブーツを脱がせ、その場で履いた。素足だった。少しきつかったが、歩行に支障はない。

「漁港にそっちの車があるな？」

「お、おれの車まで奪る気なのか⁉」

「ちょっと借りるだけだ。車じゃ、海は渡れないだろうが。どんな車に乗ってるんだ？」

「教えるもんか」

サムが子供じみた口調で言った。

土門は笑いを堪えながら、サムのこめかみを蹴った。鈍い音がした。サムが体を丸めて、長く唸った。

「車種は？」

「小豆色のピックアップ・トラックだよ。桟橋の近くに駐めてある」

「鍵はどこにある？」

「そこに掛かってるパーカのポケットの中に入ってるよ」

「わかった」

土門は壁に歩み寄り、フックから緑色のパーカを外した。

車の鍵は、右ポケットに入っていた。左のポケットには百ドル紙幣と数枚の硬貨が入っていた。コインは二十五セント玉ばかりだった。

「パーカも持ってってちゃうのかよ」

「ちょっと借りるだけだ。ついでに、金も借りとこう」

「それはないぜ。おれは、ユーを救けてやったんだ。おれの船が通りかからなかったら、ユーは確実に死んでた。言ってみれば、おれは命の恩人じゃないか」

サムが口を尖らせた。

「てめえは妙な下心があったから、おれを救ける気になったんだろうが！」

「最初は人道的な動機で、ユーを救出したんだ。でも、ぐっしょり濡れたTシャツとトランクスが体にへばりついてるのを見たら、急にむらむらとしてきたんだよ。ほんの出来心だったんだから、勘弁してくれてもいいじゃないか」

「おれは、キリストみたいに寛容にはなれねえな。殺されなかっただけでもありがたいと思え」

土門はパーカをトレーナーの上に重ね、大股で船室を出た。操舵室に入り、手動操縦に切り替える。

土門はセレクターを微速前進に入れ、舵輪を握った。四級船舶の免許さえ持っていなかったが、操縦の仕方は心得ていた。

サムの船はゆっくりと桟橋に近づいた。

数隻の漁船が舫われているが、人の姿は見当たらない。港の際には、フィッシャーマンズワーフと思われる建物が見える。シャッターが下ろされ、照明は灯っていない。ハーバーライトだけが点いていた。

桟橋が迫った。

土門は舵輪を左に切った。車のステアリングよりも、ずっと重い。水圧のせいだろう。船体に軽い衝撃があった。接岸したのだ。

土門はセレクターを後進に移し、エンジンを切った。漁船は身震いしてから、静かに停まった。本来は、すぐさま舫い綱を桟橋のピットに固定しなければならない。しかし、そこまでサービスする気はなかった。

土門は操舵室を出ると、桟橋に跳び移った。

岸壁と漁船の間は二メートルほど離れていた。サムの船は引き波にさらわれ、少しずつ桟橋から離れはじめた。

サンタ・モニカから数キロ北に位置する小さな漁港だった。

土門は歩きはじめた。桟橋の中ほどまで進んだとき、ハーバーライトの真下に黒人の大男が立った。柿崎と一緒にクルーザーに乗っていた男だ。

柿崎は、自分がサムの漁船に引き揚げられるところを暗視望遠鏡（ノクトスコープ）か何かで見ていたのだろう。

土門は動かなかった。相手が仕掛けてくるのを待つ気になったのだ。

巨身の黒人がミニウージーをだらりと提（さ）げながら、こちらに歩いてくる。イスラエル製の超短機関銃（マイクロ・サブマシンガン）は拳銃よりも、ひと回り大きいだけだ。

黒人の大男が十数メートル先で立ち止まり、すぐに扇撃（ファンニング）ちしてきた。

土門は桟橋に身を伏せた。周（まわ）りで着弾音が響き、跳弾（ちょうだん）が耳許（みみもと）を掠（かす）めた。撃たれた振りをすることにした。

土門は短い叫びをあげ、顔を伏せた。そのまま息を殺す。

黒人の大男がミニウージーを構えながら、一歩ずつ近づいてくる。土門は身じろぎすらしなかった。

「やっとくたばりやがったか」

大男が独（ひと）りごち、すぐそばにたたずんだ。

土門は相手の両脚に組みつき、すぐさま掬（すく）い上げた。

相手が尻（しり）から落ちた。弾（はず）みで、ミニウージーが落下した。土門は超短機関銃に片腕を伸ばした。

そのとき、大男がミニウージーを蹴った。超短機関銃は横に滑り、海中に没した。

「てめえ！」

土門は相手の顔面に右のショートフックを叩き込んだ。相手が呻く。

馬乗りになりかけたとき、土門は大男に膝で股間を蹴り上げられた。

まともに睾丸を直撃され、一瞬、気が遠くなった。土門はパーカの後ろ襟を摑まれ、横に引き倒された。

「黄色い猿め！」

大男が口汚く罵り、身を起こした。ほとんど同時に、リボルバーを引き抜いた。

コルト・バイソンだった。フル装弾数は六発だが、実包は強力なマグナム弾だ。

土門は膝を発条にし、相手の腹部に頭突きを見舞った。黒人が体を折りながら、仰向けに引っくり返った。

土門は大男を組み伏せ、コルト・バイソンを奪い取った。銀色の撃鉄を搔き起こし、相手を摑み起こす。

「柿崎に頼まれたんだなっ」

「そうだよ」

「奴はどこにいる？」

「ロス市内のホテルにいると思うが、ホテル名までは知らねえな。嘘じゃねえよ」

「さっきてめえは、日本人をばかにしやがったな。柿崎だって、黄色い猿だぜ。そんな奴に雇われてたんじゃ、てめえのプライドが傷つくんじゃねえのか？」

「ビジネスとなりゃ、雇い主が白でも黄色でも関係ねえさ。けど、人類の先祖は黒人（ブラック）だったんだ。だから、おれたちは白や黄色よりもランクは上だぜ」

「そんなふうに突っ張ってんのは、コンプレックスの裏返しだな。無理もねえか。アフリカン・アメリカンは長い間、人種差別に苦しめられてきたからな。てめえの考えが捩曲（ねじまが）ってても仕方ないだろう。だからって、妙な同情なんかしないぞ。おれに牙（きば）を剝（む）いた奴は、白でも黒でも容赦（ようしゃ）しねえ。もちろん、黄色だって同じだ」

「偉そうなことを言うじゃねえか。いったい何様のつもりなんだっ」

「そんなことより、なんて名なんだ？」

「ニックだよ。おれの名前を知っても意味ねえだろうが」

「そうでもないさ。ところで、てめえは殺し屋なんだな？」

「それがどうしたってんだっ」

「殺し屋（プロ）なら、いつでも死ぬ覚悟はできてるよな？」

「ここでおれを……」

ニックが戦（おのの）きはじめた。

土門は二メートルほど退（さ）がり、大男の右の太腿（ふともも）を撃った。ニックが腿を押さえながら、崩れるように倒れた。

「柿崎の投宿先は？」

「知らねえと言っただろうが！」

「ばかな奴だ」

土門はハンマーを掻き起こし、今度はニックの左肩を撃ち砕いた。ニックが転げ回りながら、早口で言った。

「ミスター・カキザキは、サンディエゴ・フリーウェイのそばにある『アラモア・ホテル』に泊まってるよ。部屋は一七〇五号室だ」

「番犬は？」

「トムが一緒にいるはずだ。おれと一緒にあんたをクルーザーから投げ落とした奴だよ」

「そうか。トムって野郎にも、たっぷり礼をさせてもらうぞ」

「おれをここに置き去りにする気なのか？」

「ああ、死体をな」

土門は言いざま、ニックの顔面を撃った。派手に血がしぶき、肉片も飛び散った。ニックは声ひとつあげなかった。顔は半分、消えていた。砕けた眼球が耳に引っ掛かっている。

土門は血みどろの死体を跨ぎ、サムのピックアップ・トラックに駆け寄った。

運転席に乗り込んでから、拳銃のシリンダーを横に振り出す。土門は三つの空薬莢を床に投げ捨てた。残弾は三発だった。

土門はコルト・バイソンをグローブボックスに突っ込み、イグニッションキーを捻った。ピックアップ・トラックは、まだ新しかった。

漁港を出て、サンタ・モニカに向かう。

一キロも走らないうちに、上空から小さなモーター音が響いてきた。土門はフロントガラス越しに夜空を仰いだ。目を凝らす。

二機のパラプレーンが舞っていた。パラシュートとエンジンを組み合わせた軽便飛行遊具だ。

ひとり乗りだが、高度五、六百メートルまで楽に上昇できる。さらに数十キロの水平飛行が可能だ。

柿崎はニックが失敗を踏んだときのことを考え、別の刺客たちも用意していたらしい。

土門は加速した。

二つのパラプレーンがぐっと高度を下げ、水平飛行に移った。鉄のフレームに取り付けられたローターは、直径二メートル近くありそうだ。

パラプレーンを操縦しているのは女たちだった。顔はおぼろだったが、大柄な女性であることは間違いない。

熱海の廃ホテルから逃げた三人のうちの二人なのか。あるいは、あの大女たちの仲間なのかもしれない。

土門はアクセルを深く踏み込んだ。

深夜の車道は、ひっそりと闇の底に沈んでいた。後続車も対向車も、まるで目につかない。沿道には民家すらなかった。

少し経(た)つと、ピックアップ・トラックの真上を一機のパラプレーンが通過していった。その数秒後、果実のような塊(かたまり)が落とされた。手榴弾(しゅりゅうだん)だろう。

土門はハンドルを切った。

右によけたとき、十数メートル先で赤い閃光(せんこう)が駆けた。炸裂音(さくれつおん)から察して、やはり手榴弾らしい。

土門は車をS字に走らせはじめた。

その直後、リア・バンパーが鳴った。着弾音だった。もう一機のパラプレーンを操(あやつ)っている者が発砲したのだろう。

土門は運転席の窓から首を突き出した。斜め後ろの空中をパラプレーンが泳いでいた。

パイロットは赤毛のジョアンナだ。

拳銃を握っている。銃身が長いことは見て取れたが、型(タイプ)まではわからない。

前方を舞っているパラプレーンがピックアップ・トラックに向かって飛来してきた。

ヘルメットから覗(のぞ)く髪はブロンドだった。スーザンと思われる。

土門は車を蛇行させながら、片腕をグローブボックスに伸ばした。コルト・バイソンを取り出し、撃鉄を太腿に擦(こす)りつけて起こした。

そのとき、前方のパラプレーンから手榴弾が投げ落とされた。それはピックアップ・トラックの運転席の屋根(ルーフ)で跳ね、道端に転がり落ちた。

ほとんど同時に、手榴弾は爆(は)ぜた。

爆炎がサイドミラーを明るませた。車体に爆風を感じたが、損傷はない。

ジョアンナのパラプレーンが横に回り込み、銃弾を全自動(フルオート)で撃ってきた。何発かが車体に命中した。

土門は左手でステアリングを捌(さば)きながら、右手でコルト・バイソンをしっかと握った。窓の外に右腕を突き出し、狙いをジョアンナのパラプレーンに定めた。

と、ジョアンナは機を急上昇させた。すぐにパラプレーンごと夜空に紛(まぎ)れてしまった。

前方のパラプレーンがいったん車の前方まで水平飛行し、それからUターンした。

土門は闇を透(す)かして見た。

やはり、操縦者はスーザンだった。

スーザンは短機関銃(サブマシンガン)を構えていた。ヘッケラー&コッホMP5だ。ドイツ製で、弾倉(マガジン)には十九発の九ミリ弾が入る。

土門はピックアップ・トラックを右いっぱいに寄せ、先に撃った。コルト・バイソンの重い銃声は腸(はらわた)にまで響いた。

放った九ミリ弾はパラプレーンのアイアンフレームに当たった。派手な火花が散ったが、スーザンの機はわずかに傾いたきりだった。

「くそったれめ！」

土門はリボルバーを構え直した。

そのとき、スーザンがMP5を吼(ほ)えさせた。乾いた連射音がこだまし、ピックアップ・トラックのフロントガラスに亀裂が走った。何発かシールドを突き抜け、助手席の背凭(せもた)れにめり込んだ。

スーザンの機がトラックの真上を通過し、左側に回り込んだ。

ふたたびドイツ製の短機関銃が銃口炎(マズルフラッシュ)を吐いた。

助手席側のウインドーシールドが撃ち砕かれた。九ミリ弾は土門の鼻先を掠(かす)めた。

ずっと車の中にいるのは危険だ。

土門はピックアップ・トラックを急停止させ、沿道の繁みの中に逃げ込んだ。

そのとき、ジョアンナの機が斜め上から迫ってきた。土門は両手保持で、リボルバーの引き金を絞った。

357マグナム弾はローターの羽根に命中した。耳障りな金属音を刻みながら、パラプレーンは失速した。錐揉みしたまま地上に墜落し、ほとんど同時に爆発炎上した。

ジョアンナの悲鳴は掻き消された。

土門はパラプレーンの墜落地点まで走った。ローターはひしゃげ、黒煙に包まれている。倒れたジョアンナは異臭を放ちながら、焼け焦げはじめていた。

スーザンの機が前方から飛んできた。

半自動で九ミリ弾を浴びせてきた。無駄弾は撃ちたくないのだろう。

フルオートは一度引き金を絞れば、自動的に全弾が発射される。セミオートは引き金から人差し指を離せば、もう弾は出ない。

土門は九ミリ弾を躱しながら巨木の陰に身を移した。

残弾は一発だ。土門は慎重に狙いをつけた。

スーザンのパラプレーンが頭上を旋回しながら、次第に高度を下げはじめた。敵も残弾が少なくなったのだろう。

スーザンが数発ずつ放ってきた。土門は右に左に逃げた。

突然、機が上昇しはじめた。弾切れだろう。

土門は車道に躍(おど)り出し、最後の一発をぶっ放した。わずかに的(まと)を外してしまった。

スーザンのパラプレーンは高く舞い上がり、そのまま飛び去った。

もう一発あれば、パラプレーンを撃ち砕(くだ)けたのではないか。

土門はコルト・バイソンを投げ捨て、ピックアップ・トラックに乗り込んだ。

サンタ・モニカの市街地まで下(くだ)り、ＵＣＬＡの手前からサンディエゴ・フリーウェイに車を乗り入れた。四つ目のＩＣ(インターチェンジ)で一般道路に降り、しばらく高架沿いに走る。

『アラモア・ホテル』は大通りに面していた。

高層ホテルだが、それほど大きくはない。ドアボーイもいなかった。日本で言えば、ビジネスホテルに相当するのかもしれない。土門はピックアップ・トラックをホテルの少し手前に駐め、すぐに外に出た。ホテルのエントランスロビーは無人だった。

フロントマンがひとりいたが、コンピューターの端末に向かっていた。土門はフロントの脇を抜け、エレベーターに乗り込んだ。

十七階で函(ケージ)を降り、一七〇五号室に急ぐ。

土門はドアに耳を押し当てた。物音は何も聞こえない。ノブは回った。土門はドアをそっと開けた。そのとたん、濃い血臭(けっしゅう)が鼻腔(びこう)を撲(う)った。

リビングソファの手前に、巨身の黒人男が大の字に倒れていた。心臓部を撃たれ、すでに息絶えていた。

見覚えのある顔だった。トムに間違いない。

柿崎が邪魔になった番犬を始末して、どこかに逃げたのか。

土門は用心しながら、寝室に入った。

ベッドの上には、サムソナイト製のスーツケースが載っていた。柿崎の姿はない。

土門はクローゼットの中を検べた。やはり、柿崎はいなかった。土門は寝室を出て、バスルームのドアを開けた。

次の瞬間、思わず呻いてしまった。

バスタブの湯に首まで浸かった柿崎は鋭利な刃物で頸動脈と喉を掻き切られ、絶命していた。湯は朱に染まっていた。

おそらく柿崎は、のんびりと湯に浸かっているときに襲われたのだろう。手口から察して、殺し屋の仕業であることは明白だ。

てっきり柿崎が主犯だと思っていたが、きっと別の人間が首謀者にちがいない。そいつは、いったい何者なのか。

土門はバスルームのドアを閉め、ベッドのある部屋に戻った。

スーツケースの中身をぶちまける。衣類、洗面具、パスポートなどで、スマートフォンやビジネス手帳の類はなかった。

日本に戻ったら、柿崎の交友関係を徹底的に洗ってみよう。そうすれば、黒幕が透けてくるだろう。

土門は寝室を出て、部屋の出入口に足を向けた。

2

読経(どきょう)の声が高くなった。

板橋区内にある寺の本堂だ。本尊の前には、柿崎修司の遺骨が置かれている。

経済やくざがアメリカのホテルの浴室で惨殺されたのは四日前だった。

その翌日、遺体は現地で荼毘(だび)に付(ふ)された。遺族がロスに急行し、遺骨を受け取ったのは次の日だった。そして、きょう葬儀が営まれることになったのだ。

土門は境内(けいだい)にたたずんでいた。

百数十人の参列者の約半数は裏社会の人間だった。土門は暴力団幹部、経済やくざ、ブラックジャーナリストたちに声をかけ、故人の交友関係を探(さぐ)ってみた。しかし、これといった手がかりは得られなかった。

ラークに火を点けようとしたとき、上着の内ポケットでスマートフォンが振動した。この寺に着く前にマナーモードにしておいたのだ。ディスプレイには、沙里奈の氏名が表示されている。

「怪しい奴に尾けられてるのか？」

土門は開口一番に訊いた。

「ううん、そうじゃないの。弔い客から何か手がかりを得られたかどうかと気になって」

「残念ながら、いま現在は収穫なしだよ」

「そうなの」

沙里奈の声が沈んだ。土門は三日前に帰国したとき、沙里奈に会い、ロサンゼルスでの出来事をつぶさに話してあった。渡米中、轟麻衣を監禁している犯人側からは何も連絡がなかったらしい。

「おれはもう少し粘ってみる」

「そう。土門さん、柿崎はひとりで〝報復屋〟と健康食品のマルチ商法詐欺をやってたんじゃないのかしら？　グエンというベトナム系アメリカ人の協力を得ながらね」

「どうしてそう思う？」

「柿崎の後ろに誰か黒幕がいるんだったら、人質に取られてる麻衣のことをちらつかせて、このわたしはどこかに誘き出されてたんじゃない？」

「おそらく敵は、ロスでいろいろ嗅ぎ回ってるおれを先に始末する気になったんだろう。しかし、柿崎はおれを片づけられなかった」

「だから、首謀者は保身のためにアンダーボスの柿崎の口を封じる気になった？」

「ああ、おれはそう推測してるんだ。柿崎が首謀者だとしたら、殺されたりしないはずだからな」

「白人や黒人の女番犬たちと何かでトラブったとは考えられない？」

「それはないだろう。ジョアンナとスーザンはパラプレーンを操りながら、このおれを殺そうとしたんだ。報酬か何かを巡って柿崎と揉めてたとしたら、二人の大女はおれを狙ったりしなかったはずさ」

「そうか、そうでしょうね」

「おれは首謀者の命令で、アマゾネス軍団の誰かが柿崎の頸動脈と喉を掻き切ったんじゃないかと筋を読んでる」

「そう言えば、ロスでは黒人のベティは見てないという話だったわよね？」

沙里奈が確かめた。

「ああ、一度も見なかったな。もしかしたら、ベティが柿崎を殺ったのかもしれない」

「その可能性はありそうね。スーザンは、また日本に来てるのかな？」

「多分、日本にいるだろう。彼女は仲間たちとおまえさんを拉致する気でいるのかもしれないぞ。例のGPS発信器は、いつも身につけといてくれ」

土門は電話を切り、受付に向かった。

柿崎の秘書をしていた初老の男がパイプ椅子に腰かけ、何やら考え込んでいる。今後の身の振り方で思い悩んでいるのか。阿部(あべ)という姓だった。

「本庁組対(そたい)の者だ」

土門は立ち止まるなり、警察手帳を見せた。

「やっぱり、刑事さんでしたか。列席者の方たちにお声をかけてらしたんで、そうなんだろうと思ってたんです」

「そうか。あんたは当然、柿崎が危(ヤバ)いビジネスをしてたことを知ってるよな?」

「それは昔の話です。いまは、真っ当な商売をしてましたよ」

「真っ当な商売をしてたって?」

「ええ。柿崎社長はイラク人の貿易商と組んで、中東の特産物を輸入してたんです。まだ黒字にはなってませんでしたが、数年後にはビッグビジネスになると張り切ってたんです。なのに、こんなことになってしまって」

「その貿易商の名前は?」

「バーディ・アブードさんです。まだ四十五歳らしいんですが、とても貫禄(かんろく)のある方ですよ。二度ほどオフィスにいらっしゃったことがあるんです」

「そのアブードってイラク人の自宅か事務所を教えてくれ」

「千代田区二番町の『市谷(いちがや)アネックス・レジデンス』の八〇八号室が自宅兼事務所に

なってます」

「アブードは独身なのか？」

「いいえ、結婚されていますよ。お子さんはいらっしゃらないようですがね」

阿部が答え、意味もなくボールペンを指先でくるくると回した。

「女房の名前は？」

「そこまではわかりません」

「バーディ・アブードは、柿崎が死んだことを知らないわけじゃないんだろう？」

「ええ、電話でちゃんと伝えましたんで。しかし、なぜかお見えになってませんね」

「ビジネスパートナーが葬儀に顔も出さなかったのか。二人は何かで意見の対立があったんじゃねえのか？」

「いいえ、そういうことはなかったと思います」

「ちょっと気になるな」

「刑事さんは、バーディ・アブードさんが柿崎社長の事件に関与してるのではないかと疑ってらっしゃるんですか？」

「それはわからないが、少し調べてみるよ。それはそうと、焼香が済んだら、加世子（かよこ）未亡人を呼んでもらえないか」

「わかりました」

「頼むな」

土門は受付に背を向け、寺の前の通りに駐めてあるクラウンに乗り込んだ。そこから、寺の本堂は見通せた。

土門は黒須に電話をかけた。黒須には、これまでの経過を電話で伝えてあった。

「誰か気になる人物が浮かび上がってきたかい？」

「イラク人貿易商のバーディ・アブードって男が……」

土門はそう前置きして、阿部から聞いた話を喋った。

「殺された柿崎が中東の特産品を輸入するなんて話は鵜呑みにはできんな。土門ちゃんも知ってるように、柿崎はマルチ商法で荒稼ぎしてた男なんだぜ。おおかたイラク人貿易商と手を組んで、復讐代行ビジネスと健康食品のマルチ商法詐欺をやってたんだろう」

「実は、おれもそう思ったんですよ。そこで、黒さんにバーディ・アブードに関する情報を集めてもらいたいんだ」

「不法滞在してる不良イラン人たちの情報はすぐに集められるが、イラク人となると、ちょっと自信がないな。なにしろ、日本に住んでるイラク人は五十数人しかいないからさ」

「逆に数が少ないから、在日イラク人の情報は入手しやすいんじゃないかな。新聞記者かテレビ局の放送記者に化ければ、イラク大使館からそれなりの情報を得られそうな気がするんですよ」

「そうだな、その手を使ってみるか。何かわかったら、すぐ土門ちゃんに連絡する」

黒須が電話を切った。土門はスマートフォンを懐に戻し、左手首のロレックスに目をやった。

あと数分で、正午になる。阿部が本堂に入ったのは、およそ二十分後だった。すぐに彼は喪服姿の未亡人を伴って境内に現われた。加世子夫人は三十八、九歳だろうか。個性的な顔立ちで、妖艶な印象を与える。

土門は車を降り、境内に足を踏み入れた。未亡人が阿部に何か指示した。阿部は大きくうなずき、本堂に引き返していった。

「警視庁の方だそうですね」

未亡人が会釈し、急ぎ足でやってきた。二人は向かい合った。

「その後、ロス市警から何か連絡は？」

「何もありません。旅行中の日本人が殺されても、本腰を入れて捜査する気にはなれないんでしょうね。ロスの犯罪件数はすごく多いそうですから、それで手いっぱいなんだと思います」

「それにしても、事件当日の目撃証言ぐらいは押さえてるはずだがな」

「わたしもそう思いますけど、電話一本ありません」

「そう。それじゃ、日本の警察がなんとしてでも犯人を捜さないとね」

「よろしくお願いします」

「早速だが、二、三、質問させてください。亡くなられた旦那から、バーディ・アブードというイラク人貿易商の話を聞いたことは?」

「お名前は聞いたことがあります。柿崎はその方のことを新しいビジネスパートナーだと言っただけで、事業内容については具体的なことは何も教えてくれませんでした」

「そう。最近、ご主人の金回りはどうでした?」

「インターネットを使った通販ビジネスがうまくいってるとかで、金銭的には余裕があったようです。わたしの誕生日に、二カラットのダイヤの指輪をプレゼントしてくれたりしましたから」

「仕事関係の銀行口座は、奥さんも知ってるのかな?」

土門は畳みかけた。

「いいえ、わたしは知りません。柿崎がお金の管理をしてましたんで。わたしは月々の生活費を渡されて、それで遣り繰りしてたんです」

「それじゃ、銀行の通帳なんかはオフィスにあるんでしょ?」

「オフィスの金庫に保管してあったはずなんですけど、わたしが夫の遺骨を受け取りにいってる間に通帳の類はそっくり盗まれてしまったんですよ。最初は秘書の阿部さんの仕業かもしれないと疑ったんですけど、そうではありませんでした」

「アブードが預金通帳などを持ち出したんだろうか」

「えっ⁉　なぜ、新しいビジネスパートナーが泥棒みたいなことをする必要があるんです？」

「まだ確証を摑んだわけじゃないんだが、ご主人はアブードと共謀して、非合法ビジネスをやってた疑いがあるんだ。柿崎さんに前科歴があることは知ってたでしょ？」

「ええ、まあ。ですけど、マルチ商法で検挙られたのは、もう昔のことです。夫は出所後、真面目なビジネスに励んでたはずです」

「奥さんとしては、そう思いたいでしょう。しかし、ご主人が真っ当な商売をしてる様子はなかったんだ」

「そうだとしたら、わたしは夫に裏切られたことになるのね」

「犯罪者が立ち直るのは容易じゃないんですよ。でも、奥さんは強く生きなきゃね。協力、ありがとう」

　土門は未亡人を力づけ、クラウンに戻った。池袋で昼食を摂ってから、車を二番町に走らせた。

『市谷アネックス・レジデンス』を探し当てたのは、午後二時過ぎだった。

土門は車をマンションの近くに駐め、八〇八号室に急いだ。インターフォンを鳴らすと、スピーカーから女性の癖のある日本語が流れてきた。

「あなた、どなたです？　それ、わたしに教えてください」

「毎朝新聞の社会部の者です。時事問題について、バーディ・アブードさんの意見をうかがいたいんですよ」

土門は、もっともらしく言った。

「わたしの夫、ここにいない。商用で関西に出かけてます」

「今夜は大阪か、京都に宿泊されるんですね？」

「夫は、そう言ってました。でも、まだホテルにはチェックインしてないはず。ホテルが決まったら、主人、わたしに電話することになってます。だから、いまはホテルの名前、まだわからないね」

「そうですか。それじゃ、日を改めましょう」

「ちょっと待って。それでは、あなた、気の毒ね。主人とわたし、同じ考えです。だから、わたしが代わりにコメントします。米英連合軍がイラクを攻撃したことについて、どう考えたか知りたいんでしょ？」

「そうです」

「殺されたサダム・フセイン、独裁者だったね。二人の息子もよくなかったです。特に長男のウダイ、乱暴だった。わがままで、女の人を次々にレイプしたという噂もありました。次男のクサイも、いろいろ問題あった。サダムの側近たち、みんな、意気地なしね。誰もサダムに文句言えなかった。だから、イラクの国民はサダムの言いなりになってしまった」

「そうだったみたいですね」

「サダム・フセインは悪い指導者でした。わたしたち夫婦は、そう思ってます。だけど、アメリカとイギリスがイラクを攻撃したのは独善的ね。なんの罪もない人たちが戦争でたくさん死にました。放送局や病院も、ミサイルで破壊されました」

「そうでしたね」

「アメリカの大統領も英国の首相もよくなかったけど、間接的に米英連合軍を支持した日本政府にも失望しました。多くのアラブ人やイスラム教徒は、わたしたち夫婦と同じように考えてる。わたし、日本人は好きだけど、日本国政府は嫌いです」

「怒りはわかりますよ。日本はアメリカに軍事面で護られてはいますが、植民国ではありません。れっきとした独立国家なんだから、親分のアメリカに対しても堂々と物申すべきでした」

「あなたの言う通りね。日本は北朝鮮の核の脅威が頭から離れないみたいですけど、立派な民主国家なんです。正義の使者面している好戦的なアメリカ大統領に追随すべきじゃなかったのよ。ロシア、ドイツ、中国などと足並を揃えて、一方的なイラク攻撃には断乎反対すべきだったね」

「過半数の国民は日本政府が間接的ながらも、米英連合軍に加担したことに失望しましたし、恥ずかしくも思ってるはずです」

「そうでしょうけど、アラブ人の多くは日本政府が選んだことには強い反発を覚えてる。そういう負のエネルギーが増大したら、イスラムの過激派集団が何か日本に報復するかもしれませんね。わたしたちは、それをとても心配してるね」

アブード夫人の興奮は、いっこうに鎮まる様子がなかった。

「やっぱり、後日、出直すことにします」

土門は相手の言葉を遮って、八〇八号室から離れた。エレベーターホールに直行し、一階のエントランスロビーに降りる。

マンションの表玄関を出たとき、アプローチの植え込みの陰から白人と黒人の大女がぬっと現われた。

スーザンとベティだった。金髪女は丸めたグラフ誌を手にしていた。筒状の穴から、消音器が覗いている。

「ロスでは勝負がつかなかったな。で、決着をつけようってわけか」

土門は、たどたどしい英語でスーザンに話しかけた。

「いずれ、あんたは始末する。その前に轟麻衣に会わせてやるわ」

「本気なのか⁉」

「そうよ。わたしたちの車におとなしく乗らないと、ここで脚か腕を撃つわよっ」

スーザンが凄んだ。

わざと敵の手に落ちれば、麻衣を救い出せるかもしれない。それに、黒幕の正体もわかるだろう。土門は素早く思考を巡らせた。

「どうする、あなた？」

ベティが言って、分厚い唇をたわめた。肌は黒褐色だが、歯は真っ白だ。

「ロスのホテルで柿崎を殺ったのは、そっちなんじゃないのかっ」

「いいから、どっちにするか、早く答えて！」

「そう急かすなって」

土門は言い返した。と、ベティがいきなり土門の睾丸を強く握り込んだ。意識が途切れそうになった。

「だいぶ男に飢えてるみてえだな。百ドルくれりゃ、おれの男根をそっちの口とあそこに突っ込んでやってもいい。ついでに、尻の穴にも入れてやろうか」

「お黙り！」

ベティが右手に力を込めた。土門は激痛に呻いた。

「わたしはね、手で胡桃の殻も割れるのよ。その気になれば、あんたのタマタマも握り潰せるわ。試してみる?」

「ノーサンキューだ。麻衣のいる所に連れてってくれ」

土門は言った。ベティがにっと笑い、土門の片腕をむんずと摑んだ。黒光りしている手は、まるでグローブだった。

「それじゃ、歩いて!」

スーザンが命じて、消音器の先端を土門の脇腹に突きつけた。

土門は足を踏みだした。スーザンとベティに挟まれ、マンションの前の通りに出た。すぐそばに、灰色のワンボックスカーが駐めてあった。トヨタの車だった。

ベティがワンボックスカーの運転席に乗り込み、エンジンを始動させた。

「あんたはこっちよ」

スーザンがスライドドアを開けた。土門は最後列のシートに坐らされた。スーザンが上着のポケットから安眠マスクを取り出した。

「そいつで目隠ししろってのか」

「ええ、そう。マスクを掛けたら、シートに横になる。オーケー?」

「わかったよ」

土門は言われた通りにした。スーザンが前の座席に腰かけ、荒っぽくスライドドアを閉めた。

「行くわよ」

ベティがワンボックスカーを急発進させた。危うく土門は、シートから転げ落ちそうになった。

3

車が停まった。

二番町から、どのくらい走ったのか。二時間前後は経過しているのではないだろうか。

「もう安眠マスクを外してもいいいな」

土門はシートに寝そべったまま、スーザンに話しかけた。

「まだ駄目ね。ゆっくり上体を起こして」

「わかったよ。ここはどこなんだ?」

「それ、教えられない」

スーザンがスライドドアを開け、先にワンボックスカーから出た。ベティもエンジンを切り、運転席から離れた。

土門はスーザンに腕を摑まれ、車から降ろされた。あたり一面に潮の香が漂っている。かすかに潮騒も聞こえた。

「海が近いな。千葉か、神奈川あたりなんだろ？　轟麻衣は誰かの別荘にいるのか？」

「黙って歩くね」

スーザンが言って、土門の脇腹にサイレンサーを押し当てた。ベティが車を回り込む気配が伝わってきた。ほどなく土門は、黒人の大女に片腕を摑まれた。

「まっすぐ歩いて」

「オーケー」

土門は歩を進めた。

石畳の上を歩くと、ポーチの階段に行き当たった。ステップは三段だった。ベティが土門から離れ、玄関のノッカーを鳴らした。ややあって、ドアが開けられた。

ベティが、ドアから現れた女と何か低く英語で言い交わした。人質を見張っていたのも、外国生まれの元女兵士なのだろう。

土門は家の中に押し込まれ、地下室に連れ込まれた。すぐに椅子に坐らされ、麻縄で縛られた。両脚も椅子の脚にきつく括りつけられてしまった。

「麻衣ちゃん、どこにいるんだ？　返事をしてくれ」

土門は人質に大声で呼びかけた。だが、応答はなかった。

「ここには誰もいない」

スーザンがそう言って、安眠マスクを乱暴に剝がした。

蛍光灯の光が瞳孔を射る。思わず土門は顔をしかめた。地下室は十五畳ほどの広さだった。

隅に古ぼけたソファや木箱が置かれているだけで、ワインの類は見当たらない。スーザンが手にしているのは、消音器を嚙ませたグロック17だった。オーストリア製の高性能拳銃だ。

「人質は、どこにいるんだ？」

「隣の部屋に閉じ込めてある」

「早く麻衣に会わせろ」

「その前に、おまえに質問があるね」

「何が知りたいんだっ」

土門はスーザンを睨めつけた。

いつの間にか、ベティは鋼鉄の鞭を手にしていた。振り出し式で、グリップの部分のほかはコイル状になっていた。先端はナットのように角張っている。キョガと呼ばれている拷問具だ。

「おまえ、久世沙里奈から何か預かってるんじゃない？」

スーザンが口を開いた。

「何かって、なんのことだ？」

「ICレコーダーとかUSBメモリーのこと」

「そんなもん、預かってない」

「嘘つくと、痛い目に遭う。おまえ、それでもいいのか？」

「好きにしやがれ！」

土門は怒声を張り上げた。

ほとんど同時に、ベティがキョガを唸らせた。風切り音は鋭かった。土門は鋼鉄の鞭で左の肩口を強打され、口の中で呻いた。

「沙里奈は、復讐代行ビジネスと健康食品のマルチ商法のこと、どこまで調べた？」

「彼女は〝報復屋〟のことを調べようとしただけで、まだ何も摑んじゃいないはずだ。沙里奈の自宅マンションは物色済みなんだから、そんなことはわかってるだろうが」

「沙里奈の部屋には何もなかった。けど、それで安心できない。あの女は、スキャンダル・ハンターなんだから」

「柿崎を操ってた黒幕がそう言ってるんだな。奴の後ろにいるのは誰なんだ？　イラク人貿易商が柿崎に悪知恵を授けたのか」

「それ、バーディ・アブードのこと？」

スーザンが問いかけてきた。

「ああ、そうだよ。どうなんだ？」

「やっぱり、おまえはそこまで調べてたか。ミスター・カキザキの裏仕事のこと、沙里奈に聞いた。そうね？」

「沙里奈は何も知らないと言っただろうが！　おれが勘を働かせて、柿崎の危い商売を嗅ぎつけたのさ」

　土門は言った。

　スーザンが目を尖らせ、グロック17の引き金を絞った。発射音は小さかった。空気の洩れるような音がしただけだ。

　放たれた九ミリ弾は、土門の右耳から十センチほど離れた空を疾駆していった。

　衝撃波が一瞬、聴覚を奪った。背後の壁が穿たれた。

「なめた口を利くと、承知しないよ」

　ベティが気色ばみ、キヨガで土門の肩や胸を叩いた。土門は鋼鉄の鞭が届く寸前に上半身の筋肉を張り、ダメージを最小限に止めた。

「ベティ、もっとスマートに追い込んでやろうよ」

　スーザンが母国語で黒人女に言い、サイレンサー付きの拳銃を手渡した。

「今度は何をする気なんだ？」

「武器なんか使わなくても、あたしたち、素手で簡単に人を殺れる」

「おれの首を絞めるつもりなのかっ」

土門は言って、顎を引いた。

スーザンが薄く笑い、両手で土門の頭部を摑んだ。すぐに親指で二つの眼球を圧迫してきた。

「このまま渾身の力を込めれば、おまえの目玉は確実に潰れる。水晶体は脆いね。その気になれば、眼球も抉り出せる」

「くそったれ女が！」

「もう一度訊く。沙里奈はＩＣレコーダーやＵＳＢメモリーをおまえに渡したね？」

「同じことを何度も言わせるな」

「しぶとい男ね」

「おれの目玉を潰したいんだったら、早くやりやがれ」

土門は喚いた。スーザンがさらに力を加えた。

激痛に襲われ、土門は長く唸った。自然に反り身になっていた。スーザンが急に両方の上瞼から親指を浮かせた。

次の瞬間、土門は二本の指で気道を塞がれていた。息ができない。肺が破裂しそうだ。

目に涙が溜(た)まると、スーザンは二本の指の力を抜いた。土門は幾度もむせた。涙も零(こぼ)れた。

「タフな男は嫌いじゃないわ」

スーザンが表情を和(なご)ませ、床に片膝をついた。スラックスのファスナーを開き、土門の分身を摑み出した。

「何しやがるんだっ」

「有色人種の男根(ディック)は、ものすごく硬くなる。白人の息子(ジョン)は、あまり硬くならない。だから、つまらないね」

スーザンはそう言いながら、手で刺激しはじめた。根元を搾(しぼ)り込まれているうちに、土門の下腹部は熱を孕(はら)んだ。

「くわえる気か？」

「正直者になったら、しゃぶってあげてもいいわ」

「おれは正直に答えたぜ。ふやけるほどしゃぶられても、同じことしか言えないぜ」

「別のことを喋らせてやる！」

スーザンがそう言い、ベティに目配せした。ベティがにやつき、古ぼけたソファの向こうに消えた。

すぐに黒人の大女は台車(だいしゃ)を押しながら、引き返してきた。台車には、発電機のような物が載っていた。そこからコードが伸び、先端には金属の筒が取りつけてあった。

「おれの体に電流を通す気だなっ」

「そう、当たりね」

スーザンが金属製の筒を抓み上げ、土門の勃起した陰茎に被せた。台車の横に立ったベティがクランクハンドルを勢いよく回し、スイッチボタンを押した。

土門は痺れを伴った痛みをペニスに感じた。電極の筒は粘りつくような感じだった。すぐに全身が震えはじめた。尿意も覚えた。

「素直にならないと、感電死させる。おまえ、どうする？」

「沙里奈からは何も預かっちゃいねえよ」

「おまえ、ほんとにタフね」

スーザンがベティに合図した。ベティが発電機のダイヤルを一気に回した。

土門は声をあげながら、痺れと痛みに耐えた。何も考えられなかった。死の恐怖を感じる余裕さえなかった。

何分か過ぎると、不意に意識が飛んだ。

気がつくと、土門は別の部屋に移されていた。両手足を結束バンドで縛られ、コンクリートの床に転がされていた。

スーザンとベティの姿はない。土門は横たわったまま、首を捩った。

天井に取り付けられた滑車(かっしゃ)が目に留(と)まった。両手首をロープで縛られて吊(つ)るされているのは轟麻衣だった。

水色のパンティーしか身につけていない。髪の毛は無残に刈り取られている。麻衣は頭を垂(た)れ、うつむいていた。両足は床から二十センチほど離れている。

「おい、おれだよ」

土門は声をかけた。

ややあって、麻衣が顔を上げた。やつれが目立つ。銅版画家は虚(うつ)ろな眼差(まなざ)しを向けてきたが、何も言わなかった。長いこと監禁されていたので、精神のバランスを崩しかけているようだ。

土門はそれでも、麻衣の名を何度も呼んだ。すると、彼女は夢から醒(さ)めたような表情になった。

「土門さんね？」

「そうだ。そっちを救出したくて、わざと敵の手に落ちたんだよ。しかし、拷問されて、この様(ざま)だ」

「沙里奈さんも一緒？」

「いや、大女たちに捕(つか)まったのはおれだけだよ」

「そうなの」

「ここはどこなんだ？」

「三浦半島の突端にある城ヶ島らしいわ。カレンという見張りの女がそう言ってたの」

「誰かの別荘なんだろ？」

土門は矢継ぎ早に訊いた。

「それはわからないわ。でも、別荘みたいな造りですよね」

「ああ。カレンという女のほかに、見張りは？」

「スーザンとベティが出かけてからは、カレンひとりだけだと思う。カレンはカナダ人で、陸軍の特殊部隊にいたと言ってたわ。大柄で男みたいな感じだけど、見張りの中では一番優しいの。食事係みたいで、ラスクや飲みものを持ってきてくれてるのよ。ジョアンナという赤毛のアメリカ人は、わたしを動物みたいに扱ったわ」

「その女は、もう死んでる」

「死んだの？」

麻衣が訊き返した。土門はロサンゼルスでの出来事を手短に話した。

「いい気味だわ」

「そっちは大女たちに都内で拉致されたんだな？」

「ええ、そう。それで、伊豆の下田の貸別荘に監禁されてたの」

「伊東のログハウスに閉じ込められてたんじゃなかったのか」

「ずっと下田のコテージに監禁されてて、一昨日（おととい）の夜、ここに連れてこられたのよ」

「そうだったのか。下田の監禁場所には、スーザン、ベティ、ジョアンナ、カレンの四人がいたんだな？」

「ええ、そう。カレンはコテージから一度も出かけなかったけど、ほかの三人はちょくちょく外出してたようだわ」

「下田のコテージに柿崎という四十代の男が来たことは？」

「あるわ。わたし、その男にしつこく沙里奈さんから録音音声のメモリーやデジカメのＳＤカードを預かってないかと訊（き）かれました。何も預かってないと答えたら、柿崎はジョアンナにわたしの髪を切れと……」

「ひどい目に遭（あ）ったな」

「柿崎はベティに命じて、わたしの体内に電動性具を突っ込ませ、ビデオカメラで撮（と）らせたの。それで、沙里奈さんを誘（おび）き出そうとしたんだけど、失敗したみたいね」

麻衣が言った。土門は、沙里奈とともに麻衣を救出しようとしたことを打ち明けた。

「そうだったの。土門さんは自分の命を顧（かえり）みずに、どうしてそこまで……」

「一応、おれは刑事だからな。治安を乱す奴は放っとけないじゃないか」

「それだけじゃないんでしょ？」

「えっ」

「土門さんは、わたしのパートナーが好きなんでしょ？　隠さなくてもいいの。わたしも沙里奈さんのことは大好きだから、土門さんの秘めた想(おも)いがわかるんです」

「沙里奈のことは嫌いじゃないよ。しかし、それは恋愛感情とはちょっと違うんだ」

「どんなふうに違うの？」

　麻衣が土門の顔を正視した。

　土門は一瞬、言葉に詰まった。沙里奈をひとりの女として見ていることは確かだが、それを明かしてもどうにもならない。

「土門さん、ちゃんと答えて」

「おれは、彼女を妹のように思ってるだけさ。沙里奈は一丁前のことを言ってるが、どこかやってることが危なっかしい。だから、つい手を貸したくなっちまうんだ」

「屈折(くっせつ)した愛は哀(かな)しくて切ないですね。土門さんの辛(つら)さ、なんとなくわかるわ」

「生意気なこと言うじゃないか。おれのことより、そっちはどうしてレズに走ったんだよ。ガキのころ、性的ないたずらでもされたのか？」

「別にそういうことがあったわけじゃないのよ。小さいころから、なぜか同性に惹(ひ)かれる傾向があったの。気がつくと、恋する相手はいつも女性だったわ。ただ、それだけよ」

「そうか。沙里奈には昔、何かあったんだろ？」

「わたしの口からは何も言えません」

「もう詮索はしないよ。それはそうと、下田の貸別荘に柿崎以外の男が来たことは？」

「ないと思う。ただ、きのうの夜、ここにイラク人の中年男性が来たわ」

「そいつは貿易商のバーディ・アブードだな？」

「名前まではわからないけど、口髭を生やしてたわね」

「なら、アブードだろう。そいつは柿崎と組んで、ダーティー・ビジネスをしてた疑いがあるんだ。そして、共犯者の柿崎を大女たちの誰かに殺らせたかもしれないんだよ」

「柿崎という人も、もうこの世にいないの？」

「ああ。奴が消されたということは、イラク人貿易商が主犯だったのかもしれないんだ。アブードと思われるイラク人は、スーザンたちにどう接してた？」

「何か英語で指示を与えてるようだったわ。その内容までは聞き取れなかったけど」

「そう。そっちには何か訊いた？」

「ううん、わたしには何も話しかけてこなかった。でも、彼は何か企んでるような感じだったわ。スーザンに、段取りはついてるとか言ってたから」

「いったい何を企んでやがるんだっ」

「わたしを殺して、沙里奈さんも始末する気なんでしょう。きっとそうにちがいないわ。おそらく土門さんも……」

「おれは殺されたって、死ぬような男じゃない」

「だけど、二人とも縛られてるのよ。逃げるチャンスなんかないでしょ？　たとえこの地下室から脱出できたとしても、わたしは体力が衰えてるから、走ることもできないと思うわ」

「そのときは、おれがそっちをおぶってやるさ。だから、殺されるまで諦めちゃ駄目だ。いいな？」

「は、はい」

「排泄はどうしてるんだい？」

「どうしても我慢できなくなったら、大声で見張りを呼ぶの。そうすると、たいていカレンが来てくれて、トイレに連れてってくれるのよ」

「そのとき、両手は自由にしてもらえるのか？」

「ええ。だけど、カレンはいつもナイフを持ってるから、とても抵抗はできないわ」

麻衣が溜息混じりに言った。

「そっちが見張りを誘き出すのは危険だ。おれが尿意を催したと騙して、反撃のチャンスをこしらえる」

「でも、いまはスーザンやベティがいるから、もう少し待つべきだと思うわ。運がよければ、カレンだけになる機会があるかもしれないでしょ？」

「そうだな。もう少し様子を見よう」

「脱走に失敗したら、わたしたちは殺されるわね。もう沙里奈さんに会えなくなっちゃうのかな」

「いまに会えるさ。おれが必ずそっちを救い出してやるよ」

土門は明るく請け合った。

4

時間が流れた。

もう小一時間は過ぎたのではないか。しかし、スーザンとベティが出かけた様子はない。土門は焦れはじめた。

麻衣の表情は暗かった。もはや逃げるチャンスは訪れないと絶望しかけているのかもしれない。

「金髪と黒人女は外出しそうもないな。こうなったら、強引にカレンを弾除けにするほかなさそうだ」

「カレンを取り押さえられなかったら、二人とも殺されることになりそうね」

「おとなしくしてても、大女たちはいつかおれたちを殺す気でいるんだろう。むざむざと殺されるんじゃ、癪じゃねえか」

「そうね。わたし、カレンを誘き寄せるわ」

「ああ、頼む」

土門は口を結んだ。

そのとき、地下室のドアが開いた。室内に入ってきたのはベティだった。ベティはガムを噛みながら、土門に近づいてきた。

「まだ吐く気にならない？」

「別に隠してることなんかねえよ」

「あんまりタフなとこ見せると、スーザンに逆レイプされるわよ。彼女、強がってる男を嬲るのが好きなんだから」

「変態だな」

土門は黒人の大女を睨んだ。ベティが薄ら笑いをしながら、麻衣に歩み寄った。

「手首、痛いだろうね。それとも、もう感覚がなくなっちゃった？」

「ええ、あまり痛みは感じなくなりました」

「あんた、人形みたいだね。かわいい顔して、白い肌はシルクみたいに滑らかだわ」

「あのう、後でカレンさんを呼んでもらえませんか」

「まだ餌（えさ）の時間じゃない」

「違うんです。わたし、トイレに行きたいんです」

麻衣が訴えた。

「おしっこ？」

「はい」

「なら、ぶら下がったまま、垂（た）れ流しちゃいな」

「そ、そんな恥ずかしいことはできません」

「だったら、もう少し我慢するんだね」

ベティが冷然と言い、黒い二本の指で麻衣の片方の乳首を抓んで揉（も）んだ。

「やめて！」

「あんた、男よりも女のほうが好きなんでしょ？　あたしが遊んでやるよ」

「やめてください」

麻衣が眉根（まゆね）を寄せ、身を捩（よじ）った。ロープが揺れ、滑車が小さく鳴る。

「まずは、あたしのガムをお食べ！」

ベティが麻衣の腰を片腕で引き寄せ、左の乳房を黒い手でまさぐりはじめた。麻衣が幼女のように、首を横に振る。

「おい、やめろ。よさねえかっ」

土門は大声でベティを詰った。

ベティは意に介さない。麻衣に顔を寄せ、肉厚な唇を押しつけた。麻衣が懸命にもがく。だが、唇を奪われてしまった。ベティが強引に舌を麻衣の口中に潜らせる。

どうやらガムを送り込んだらしい。ベティが右手を麻衣のパンティーの中に突っ込んだ。

麻衣が暴れ、ガムを吐き出す。ベティが怒りを露にし、バックハンドで麻衣の頬を殴打した。麻衣が短い悲鳴をあげる。

ロープが左右に揺れた。

「生意気な女ね。少しお仕置きしてやる」

ベティが逆上し、水色のパンティーを膝まで引き下げた。それから彼女は指先に麻衣の恥毛を絡めるなり、乱暴に毟り取った。

麻衣が痛みに顔をしかめた。ベティは残忍そうな笑みを拡げ、腰からコマンドナイフを引き抜いた。

すぐに刃が起こされた。刃渡りは十四、五センチだった。

「おい、何をする気なんだっ」

土門はベティに声をかけた。

「黙って見てなさいよ。横から何か言ったら、この娘のおっぱいを削ぐからね」

「おまえは、まともじゃねえ」

「うるさい！」

ベティが苛立たしげに怒鳴り、コマンドナイフを麻衣の股の下に入れた。刃が上だった。ナイフは合わせ目の間に浅く埋められた。

「あたしに謝りな。せっかくガムをやったのに、吐き出すなんて失礼じゃないかっ。あんた、あたしが黒人だからって、軽く見てるんじゃない？」

「そんなことありません。相手が誰でも他人が噛んでたガムなんて欲しくないわ」

「汚くて噛めない？」

「ええ、まあ」

「あんたは人質なんだよ。どんな命令にも逆らえないの！」

「だけど……」

「口答えすると、大事なとこを抉るよ。それでも、オーケー？」

「ごめんなさい」

麻衣がためらってから、小声で詫びた。恐怖には克てなかったのだろう。

「結束バンドをほどいてくれねえか」

土門はベティに言った。ベティが刃物を麻衣の秘部に当てたまま、小さく振り向いた。

「小便、漏れそうなんだ。トイレに行かせてくれ」

「そういうことは、あたしの仕事じゃない。カレンの仕事ね。どうしても我慢できないんだったら、垂れ流しにしな」

「床がびしょ濡れになっちまうぜ。それに、おれは酒好きだから、小便が臭えんだ。それでもいいのか？」

「世話のかかる男ね」

「なんだったら、そっちにおれの小便を飲ませてやってもいいぜ」

「冗談じゃないわ。カレンを呼んでやるから、漏らすんじゃないわよ」

「急いでくれ」

土門は、わざと下半身をもぞもぞさせた。

ベティがコマンドナイフを手許に戻し、麻衣から離れる。彼女は土門の腰を蹴ってから、ドアの向こうに消えた。

「土門さん、顔の向きを変えて」

麻衣が恥ずかしそうに言った。

「え？」

「わたし、パンティーを下げられたままだから」

「おっと、そうだったな」

土門は顔を背(そむ)けた。

「ありがとう」

「大事なとこはまともには見てないから、安心してくれ。それはそうと、カレンって女が来たら、先におれがトイレに行かせてくれって頼むよ。そのつもりでいてくれ」

「はい」

麻衣が短く応じた。声には、緊張が感じられた。

それから間もなく、ドアが開けられた。入ってきたのは栗毛の大女だった。陽灼(ひや)けして、男のような面立(おもだ)ちだ。鉤鼻(かぎばな)だった。

「あんたがカレンか？」

土門は片言の英語で問いかけた。すると、相手が滑らかな日本語を操(あやつ)った。

「ええ、そうよ。あんた、おしっこしたいんだって？」

「もう限界だよ。早く結束バンドをほどいてくれ」

「外すのは足だけよ」

「それじゃ、ペニスを出せないじゃねえか」

「あたしが引っ張り出してやるわ」

「ついでに、ちょっと擦(こす)ってもらうか」

「笑えないジョークね」

カレンが肩を竦（すく）め、床に片膝をついた。彼女は警戒しながら、ゆっくりと両足首の縛（いまし）めを緩（ゆる）めた。

ほどなく土門の両脚は自由になった。

「さ、立って！」

「自分じゃ、うまく起き上がれねえんだ」

「肘（ひじ）を使えば、上体を起こせるでしょうが！　自分で立ちなさいよ」

カレンが片方の膝を浮かせた。

土門は体をスピンさせ、カレンの軸足（じくあし）を蹴った。カレンが体をふらつかせる。すかさず土門は、足払いをかけた。

カレンが横倒しに転がった。

土門は両腿でカレンの胴を挟みつけた。カレンが全身でもがきながら、土門の太腿に手刀（しゅとう）打ちを浴びせた。

「おとなしくしてないと、内臓が破裂するまで締めつけるぞ」

土門は威（おど）しながら、太腿に一段と力を入れた。

カレンの顔が歪（ゆが）みはじめた。土門はカレンを締め上げながら、歯を使って両手首に喰（く）い込んだ樹脂製の結束バンドを緩めた。じきに結束バンドは外れた。

土門はカレンを両脚で挟んだまま、下半身を浮かせた。すぐにカレンの後頭部を床に叩きつける。

鈍い音が響き、カレンが長く唸った。

土門は半身を起こし、カレンの顎の関節を外した。カレンがくぐもった呻き声を発しながら、体を左右に振る。口から涎が滴った。

土門はカレンの体を探った。

ベルトの下に、ベレッタM84が差し込んであった。イタリア製の拳銃だ。複列式弾倉には380ACP弾が十三発も入る。予め初弾を薬室に送り込んでおけば、フル装弾数は十四発だ。

土門はベレッタを奪い、マガジン・キャッチのリリースボタンを押した。弾倉には七発しか入っていない。

土門は転げ回っているカレンに用心しながら、滑車のロープを緩めた。すぐに麻衣の両手首の麻縄を解く。

麻衣が礼を言い、片腕で胸を覆い隠した。もう一方の手で、パンティーを引っ張り上げる。一気には引き上げられない。最初に前の部分を引っ張り、それから両側の布地を抓み上げた。

「その恰好じゃ、逃げられないな。カレンの衣服を頂戴しよう」

土門は麻衣にベレッタM84を預け、カナダ人のデニムシャツ、Tシャツ、ブッシュパンツを手早く剝ぎ取った。ベルトも奪った。

カレンの利き腕には、鷲の刺青が彫り込まれている。ブラジャーはつけていなかった。パンティーは緑色だった。

「大急ぎで着てくれ」

土門は衣服とベルトを麻衣に渡し、ベレッタを受け取った。スライドを引き、初弾を薬室に送り込む。

ダブルアクションの自動拳銃だ。引き金を絞るだけでハンマーが自動的に起き、そして倒れる仕組みになっていた。

麻衣がカレンの服をまとった。デニムシャツもブッシュパンツも、だぶだぶだった。袖口も裾も捲り上げられている。麻衣は裸足だった。

「素足じゃ危険は危険だが、カレンの靴じゃでかすぎるからな」

「わたし、裸足でも平気よ」

「そうか」

土門は麻衣に言って、カレンを摑み起こした。カレンはパンティーとジャングルブーツしか身につけていない。

土門はカレンの利き腕を捩上げた。

「おれの質問に身振りで答えろ。イエスだったら、うなずけ。ノーだったら、首を横に振るんだ。スーザンとベティは一階にいるのか？」

「………」

カレンがうなずく。

「玄関ホールの近くにいるのかい？」

土門は訊いた。カレンが顔を横に動かした。

「奥の部屋にいるんだな？」

「………」

カレンは否定しなかった。土門は麻衣を自分の背後に回らせてから、地下室のドアをそっと引いた。カレンを先に歩かせ、階段を上がる。

玄関ホールまで歩いたとき、奥の部屋からスーザンが現われた。

金髪の大女は大声でベティを呼んだ。すぐに黒人の女が部屋から飛び出してきた。

「二人とも両手を高く挙(あ)げろ！」

土門はスーザンたちに命じた。二人は身を伏せるなり、相前後して発砲してきた。

「先に表に出てろ。ワンボックスカーのそばで待っててくれ」

土門は麻衣に言った。

麻衣がすぐに玄関から出ていった。土門はカレンを楯(たて)にしながら、撃ち返した。放った銃弾はどちらにも命中しなかった。

カレンが二人の仲間に身振りで何か訴えた。自分が弾除け(たまよ)にされているのに、よく平気で撃てるなと抗議したのだろう。

ベティが這(は)って、いったん部屋の中に引っ込んだ。短機関銃(サブマシンガン)でも持ち出す気なのか。

スーザンがサイレンサー・ピストルで連射してくる。

何発かの弾(たま)がカレンの左腿に当たった。カレンがうずくまる。土門はノーガードになった。ベレッタで反撃しながら、玄関の三和土(たたき)に降りた。

そのとき、部屋からベティが出てきた。

腰撓(こしだ)めにヘッケラー&コッホMP－5A3を構えていた。最も優秀な短機関銃として知られ、世界各国の特殊部隊で採用されている。

蜂の巣にされる前に、ひとまず逃げることにした。

土門は二発威嚇連射し、ポーチに飛び出した。ドアが撃ち砕(くだ)かれた。ポーチを駆け降りると、ワンボックスカーのスライドドアは開いていた。

麻衣は運転席にいた。

エンジンはかかっている。車の鍵(キー)は差し込まれたままだったのだろう。

土門はワンボックスカーに駆け寄り、車内に飛び込んだ。麻衣が腕の痛みに顔を歪めながら、車を発進させた。

土門はスライドドアを閉めた。車寄せに、ほかの車は見当たらない。

スーザンたちは追ってこないだろう。

土門は、ひとまず胸を撫で下ろした。そのとき、背後で何かが光った。

単車のライトだった。オートバイを運転しているのはスーザンだ。その後ろには、ベティが打ち跨がっている。

「スーザンとベティがバイクで追ってきた。もっとスピードを上げてくれ」

土門は麻衣に言って、スライドドアを一メートルほど開けた。隙間から右腕を突き出し、スーザンの胸に狙いをつける。

スーザンは単車をS字に走らせはじめた。ベティが短機関銃を唸らせる。ワンボックスカーのタイヤが被弾した。

とたんに、車の速度が落ちた。単車が次第に迫ってくる。

土門はベレッタの引き金を絞った。手首に反動が伝わってきた。

バイクのライトに命中した。スーザンが単車を路肩に寄せた。

「もう追ってこないだろう」

土門は麻衣に言って、スライドドアを閉めた。坂道を下ると、水産試験場の前の通りに出た。

「その先は丁字路になってるはずだ。左に折れて、城ヶ島ユースホステルの前を抜けてくれ。道なりに走れば、城ヶ島大橋を渡ることになる」

「はい」

麻衣は言われた通りにワンボックスカーを走らせた。

土門は懐からスマートフォンを取り出し、沙里奈に電話をかけた。

「ほんの少し前に麻衣ちゃんを救い出した。城ヶ島の別荘らしい建物の地下室に閉じ込められてたんだ」

「よかった、よかったわ」

沙里奈は早くも涙ぐんでいた。土門は経過をかいつまんで話した。

「土門さん、ありがとう」

「目黒のマンションに麻衣ちゃんを送り届けるよ」

「よろしくお願いします」

沙里奈が電話を切った。

やがて、ワンボックスカーは城ヶ島大橋を渡った。パンクした車で東京に戻るのは無理だ。土門は三浦市内に入ると、車をドライブインの駐車場に停めさせた。車検証を見る。所有者の現住所は愛知県内だった。おそらく盗難車だろう。

「ちょっと車の中で待っててくれ」

土門は麻衣に言って、ワンボックスカーを降りた。

広い駐車場を少し歩くと、白いアウディが目に留(と)まった。土門はポケットから万能鍵を取り出し、アウディのドア・ロックを解(と)いた。だいぶ前に本部庁舎の証拠押収品保管室から盗み出したものだ。

玄関のドアだけではなく、車の解錠もできる。おまけにイグニッションキーの役目も果たす。

土門は盗んだアウディをワンボックスカーの前に回し、ハザードランプを瞬(また)かせた。

麻衣が土門に気づき、すぐにワンボックスカーを降りた。土門は助手席のドアを押し開けてやった。

「この車、どうしたの？」

麻衣が助手席に坐るなり、そう問いかけてきた。

「警察手帳を見せて、ちょっと借りたんだ」

「見ず知らずの人から？」

「そう。捜査に必要だと言ったら、快く貸してくれたんだ。この車で目黒のマンションまで送ろう」

土門はアウディを走らせはじめた。三浦半島を北上し、衣笠(きぬがさ)から横浜横須賀道路に入る。横浜新道と第三京浜をたどって、都内に入った。

麻衣を目黒のマンションに送り届けたのは、午後十一時過ぎだった。

沙里奈と麻衣は玄関口でひしと抱き合い、ひとしきり泣きむせんだ。土門は無言で二人の肩を叩きつづけた。

やがて、沙里奈が麻衣から離れた。麻衣が土門に謝意を表し、居間に消えた。

「お茶ぐらい飲んでいって」

「今夜は遅いから、これで自分のホテルに引き揚げらあ」

「そう」

「パートナーを早く寝(やす)ませてやるんだな」

「ええ、そうするわ。土門さん、明日の昼間、ホテルの部屋で待ってて。ちゃんと例の約束は守るわ」

「無理すんなって」

「でも、約束は約束だから」

「それじゃ、部屋で待ってる。お寝み！」

土門は軽く手を挙げ、沙里奈に背を向けた。

第四章　謎の城ヶ島占拠

1

裸身は強張っている。

ベッドに横たわった沙里奈は、緊張している様子だった。赤坂西急ホテルの一室だ。

午後二時を回って間がない。

土門は言った。トランクス一丁で、ベッドの際に立っていた。

「だいぶ無理をしてるようだな」

「いいの。約束は約束だから……」

「まさか男とまったく体験がないわけじゃねえよな」

「体験はあるわ。ずっと昔のことだけどね」

「そのとき、何か不愉快な思いをさせられたのか？」

「その質問には答えたくないわ。土門さん、早く抱いて……」

沙里奈が促した。土門は曖昧にうなずき、改めて沙里奈の体を見た。

均斉のとれた肉体は熟れていた。乳房は豊かで、ウエストが深くくびれている。下腹はなだらかだ。腰の曲線が美しい。

逆三角に繁った飾り毛は、絹糸のように細かった。むっちりとした白い腿は、男の欲情をそそる。

「それじゃ、約束を果たしてもらうか」

土門は照れ隠しにわざとぶっきら棒に言って、沙里奈と胸を重ねた。乳房が弾んで、形を変えた。沙里奈の肌はしっとりとしていた。

土門は顔を重ねようとした。すると、沙里奈が閉じていた瞼を開けた。

「唇にキスはしないで」

「セックスはバードキスからはじまるもんだろうが」

「わかってるけど、唇をついばみ合ったり、舌を絡めることには抵抗があるの」

「ずいぶん古風なんだな。唇を許したら、同棲相手を裏切ることになるってわけか」

「そう受け取ってもらってもいいわ。とにかく、唇にキスはしないで」

「わかったよ」

土門は沙里奈の項に唇を当てた。ゆっくりと這わせ、軽く肌を吸いつける。沙里奈は緊張したままだった。

土門は耳朶を浅く口に含んだ。舌の先でくすぐり、強く吸う。と、沙里奈の体がほんの少しだけほぐれた。土門は、尖らせた舌を沙里奈の耳の奥に忍び込ませた。沙里奈が小さく喘ぎ、身を揉んだ。

土門は沙里奈の髪にくちづけし、さらに額、上瞼、頬、顎に唇を当てた。そうしながら、胸の隆起をまさぐった。二つの乳首が硬く張りつめる。色素は淡かった。

「少し感じてきたようだな」

土門は言った。

そのとたん、蕾は萎んでしまった。麻衣のことが沙里奈の頭に浮かんだのだろう。余計なことは言わないほうがよさそうだ。

土門は乳首を指の間に挟みつけ、膨らみ全体を揉んだ。

ふたたび沙里奈の乳首が痼った。土門は沙里奈の喉元や鎖骨に口唇を滑らせてから、交互に乳首を吸いつける。舌で圧し転がしもした。沙里奈が息を弾ませはじめた。

土門は柔肌を指でなぞった。脇腹、腰、太腿を愛撫すると、沙里奈は喘ぎ声を洩らした。

土門は、沙里奈を俯せにさせた。背中を愛撫しながら、ほっそりとした肩、肩胛骨、背のくぼみに唇を滑らせる。

さらに土門は形のいいヒップを揉み、軽く歯を立てた。そのとき、沙里奈の喘ぎは甘やかな呻きに変わった。

土門は体を少しずつ下げ、腿の裏、膕、脹ら脛、踝、足首、足の裏を舐めた。次第に沙里奈の息遣いが荒くなる。

土門は、また沙里奈を仰向けにさせた。ぷっくりとした恥丘に触れると、またもや沙里奈は身を硬くした。

「荒っぽいフィンガーテクニックは使わないから、リラックスしててくれ」

土門は優しく言って、和毛を五指で梳きはじめた。撫でつけ、ゆっくりと搔き起こす。葉擦れに似た音が小さく響いた。

ほどなく土門は、敏感な部分に指先を伸ばした。

それは硬く尖っていた。指の腹で刺激すると、沙里奈は切なげに腰をくねらせた。

土門はトランクスを脱ぐと、沙里奈の右手首を取った。

利き腕をペニスに導く。沙里奈がはっとし、手を引っ込めそうになった。

半ば強引に力を漲らせはじめた性器を握らせる。沙里奈は握ったまま、じっとしていた。

「大きくしてくれ」

「どうやればいいの？　わたし、よくわからないのよ」

沙里奈が困惑顔で言った。

　土門は愛撫の仕方を具体的に教えた。沙里奈がためらいながらも、手を動かしはじめる。指の動きはぎこちなかったが、性感帯を外してはいない。

　土門は二枚のフリルを指先で捌(さば)いた。

　沙里奈の体は、わずかに潤(うる)んでいる。土門は指を踊(おど)らせはじめた。

　後ろめたさを感じているからか、沙里奈の官能にはなかなか火が点(つ)かない。実にもどかしい気持ちだ。土門は沙里奈の足許(あしもと)に回り込み、両脚を大きく開かせた。

　反射的に沙里奈が腿(もも)をすぼめた。

「男にクンニされるのは困るか？」

「困ると言うよりも恥ずかしいの。もうそろそろ……」

「いま体を繋(つな)いだら、おまえさんは痛みを感じるかもしれないぜ。そんなことになったら、もっと男嫌いになるだろう」

「別にかまわないわ」

「もったいないことを言うなって。せっかく女に生まれてきたんだから、男と性の悦(よろこ)びを分かち合えるようになれよ」

　土門は沙里奈の膝をM字に折り、秘めやかな場所に顔を埋めた。

　沙里奈が焦(あせ)って、両脚を閉じようとする。土門は顔を左右に振り、舌を使いはじめた。花びらを舐め、愛らしい突起を吸いつける。舌で打ち震わせ、圧迫し、転がした。

沙里奈が息を詰まらせ、なまめかしい声で呻いた。土門は肥厚した二枚のフリルも啜り、襞の奥にも舌を潜り込ませた。

少し経つと、沙里奈の体は熱く潤んだ。

土門は急激に猛った。体を繋ごうとすると、沙里奈が股を閉じた。

「もう少し待って」

「覚悟が揺らいでるんだな。それだったら、もうやめよう。おまえさんを犯すような形では抱きたくないんだ」

「ううん、約束は守るわ。だけど、もう少し待ってほしいの」

「ペニスを突っ込まれることに、恐怖を感じてるんだろう？」

「ええ、ちょっと」

「なら、挿入しなくてもいい。素股でもいいんだ」

土門は言って、閉じられた股の間に陰茎を沈めた。

「こんな形じゃ、男性は満足できないんでしょ？」

「まあな」

「もう少しすれば、きっと……」

「いいんだって」

「ごめんなさい」

沙里奈が謝り、付け根に力を漲らせた。

土門は律動を加えはじめた。内奥にペニスを突き入れているときの感触とは明らかに異なる。それでも捩れた縦筋を擦り立てているうちに、少しずつ昂まってきた。

「土門さん、インサートしてもいいわ」

「無理すんなって」

「だけど、これでは約束を果たしたことにはならないもの」

沙里奈が腿の力を抜こうとした。

土門はそれを制して、抽送を速めた。沙里奈が股の付け根を思い切りすぼめた。

やがて、土門は果てた。体を離し、ティッシュペーパーの束を沙里奈の股間に宛がう。沙里奈は横向きになって、ペーパーで内腿を拭った。

「これで終わりにしようや」

「いつか必ず土門さんにちゃんと抱いてもらうわ」

「もういいって。それより、パートナーは少し落ち着いたか？」

「ええ。でも、ショックは当分、尾を曳きそうね」

「だろうな。髪が伸びるまでウイッグを被らせてやれや」

「ええ、そうしてあげるつもりよ。わたしのために麻衣は辛い思いをしたんだから、できるだけのことはしなくちゃね」

「そうだな。敵は、また現われるだろう。くれぐれも油断するなよ」

「ええ、気をつけるわ。ちょっとシャワーを使わせてもらってもいい？」

「遠慮なく使ってくれ」

土門は腹這いになって、サイドテーブルに腕を伸ばした。

煙草に火を点ける。そのとき、沙里奈がベッドを滑り降りた。衣服やランジェリーを胸に抱え、バスルームに向かう。

一服し終えたとき、サイドテーブルの上でスマートフォンに着信があった。

ディスプレイには黒須の名が表示されていた。前夜、土門はこれまでの経緯を黒須に伝えてあった。

「土門ちゃん、今朝のニュースはもう知ってるだろ？」

「今朝のニュース？」

「まだ知らなかったか。きのうの深夜、城ヶ島大橋が爆破されて、『アラブの聖戦士たち』と名乗るテロリスト集団が城ヶ島を乗っ取ったんだ」

「なんだって!?」

「島をジャックした犯人たちは中東系の男たち十数人で、島民や観光客ら数百人の男女を人質に取ってるらしい。人質は島内の二つのホテルに閉じ込められてるようだ」

「麻衣の話だと、バーディ・アブードと思われる男が監禁されてた家に顔を見せたらしいんですよ。アブードがイラク人の男たちを使って、島を乗っ取ったんじゃねえのかな」

「土門ちゃん、その可能性は高いだろう。アブードは死んだサダム・フセインと同じ村出身で、二十代のころは元大統領の親衛隊員だったんだ。もちろん、バース党の党員だった」

「黒さん、その情報はどこから？」

「中東問題に精しい外交評論家から聞いた話だよ。『アラブの聖戦士たち』はイラク戦争でブッシュ大統領に加担する形になった日本に腹を立てて、政府に六百億円を要求してるんだ。要求を呑まなかったら、毎日十人ずつ人質を処刑すると言ってる」

「確か日本はイラクに対して、約六十億ドルの債権を持ってたんじゃなかったかな」

「その通りだよ。七〇年代に日本の企業が電力設備、海水淡水化設備、石油精製設備など基礎インフラの多くを建設したのに、その代金が未回収のまま残ってるんだ。その上、イラク復興資金の二割を日本が負担させられたのに、とんでもない要求だよ」

　黒須は忌々しげだった。

「テロリスト集団は当然、武装してるんですね？」

「そう。拳銃、自動小銃、短機関銃、それからロケット・ランチャーも持ってるらしいよ。だから、第三管区海上保安部の警備艇やヘリが島を包囲して、三崎には神奈川県警の面々が貼りついてるんだが、強行上陸はできないようだ」

「バーディ・アブードが『アラブの聖戦士たち』を操ってるんだとしたら、例のアマゾネス軍団の真の雇い主は柿崎じゃなかったんだな」

「おそらく柿崎はイラク人貿易商にうまく利用されて、非合法ビジネスでテロ活動資金を調達させられたんだろうね」

「そうなんだろうか。バーディ・アブードの妻は旦那が出張中だと言ってたが、もしかしたら、城ヶ島で指揮を執ってるのかもしれないな」

「それは考えられるね。そして、女コマンドたちは島内にいて、テロリストどもに協力してるんじゃないのか」

「黒さん、日本政府はどう出ると思います？」

土門は問いかけた。

「当然、リミットぎりぎりまで時間稼ぎをするだろうな。六百億円は巨額すぎるからね」

「ええ。しかし、人質を見殺しにしたら、現内閣は国民に非難されることになりますよね。結局、犯人グループには逆らい切れなくなるんじゃないだろうか」

「人質が処刑される前に、多分、海上保安庁と神奈川県警は強行上陸を試みるだろう。視認されてるテロリストは十数人だというから、とても城ヶ島全体の海岸線はカバーできないはずだ」

「上陸そのものはできるでしょう。しかし、人質たちが監禁されてるという二つのホテルに接近したら、犯人グループは逆上するかもしれません。だから、海保も警察も慎重になってるでしょう」

「そうなんだろうね。ところで、ちょっと腑に落ちないことがあるんだ。なぜ犯人グループは、イラク攻撃を仕掛けたアメリカとイギリスに報復テロを加えないのかね」

「両国とも手強いからでしょ？　それにアメリカもイギリスも報復テロには神経質になって、警戒を強めてるだろうしね」

「それだけの理由だろうか。ひょっとしたら、報復テロに見せかけた単なる恐喝なのかもしれないぞ」

「しかし、犯人グループは城ヶ島大橋を爆破して、島民、観光客、ホテルマンたちを人質にしてる。ただの犯罪者集団ではない気がするな。おそらく軍事訓練を積んでるんでしょう。ロケット・ランチャーまで持ってるというから、フセインを信奉してたイラク人たちなんじゃないのかな」

「ただね、在日イラク人は五十数人しかいないんだよ。そういう人たちの中に何人もテロリストがいるとは考えにくいんじゃないのか」

「おおかた犯人グループは何らかの方法で、日本に密入国したんでしょう。そいつらを手引きしたのは、バーディ・アブードなんじゃないんだろうか」

「密入国か。特殊訓練を受けた軍人たちなら、可能は可能だろうな」

「黒さん、アブードの自宅を張り込んでもらえない？　おれは城ヶ島に潜入し、テロリストか大女を生け捕りにして、アブードがバックにいるかどうか吐かせようと考えてるんですよ」

「土門ちゃん、正気なのか⁉」

　黒須が驚きの声をあげた。

「ええ、もちろん！」

「ばかなことを考えるなって。城ヶ島の周囲には警察と第三海保の目が光ってるんだぞ。漁師に化けて上陸しようとしても、まず見つかってしまうだろう。仮に首尾よく島に潜入などできたとしても、テロリストたちは武装してるんだ。女コマンドたちだって、侮れる相手じゃない。返り討ちにされるだけだよ。やめとけって」

「命を落とすような無茶はしませんって。麻衣をひどい目に遭わせた首謀者を早く突きとめて、それなりの裁きはしないとね」

「土門ちゃんの気持ちはわかるが、アブードを自宅で押さえたほうが安全じゃないのか。いま城ヶ島にいたとしても、そのうちアブードはこっそり島を抜け出して、自分のマンションに戻るだろう」

「待つのはもどかしいんですよ。おれは夜になったら、何らかの方法で城ヶ島に潜入します」

「土門ちゃんがそこまで言うんなら、もう反対はしないよ。健闘を祈る。それから、こっちはこれからアブードの自宅マンションを張り込む。もし、アブードが家にいたら、すぐ土門ちゃんに連絡するよ。電話がなかったら、アブードは在宅してないってことだからね」

「わかりました」

土門は電話を切ると、トランクスを穿いた。控えの間に移り、テレビの電源を入れる。

画面には、城ヶ島の全景が映し出されていた。上空から撮影された映像だ。

島の西端に城ヶ島灯台があり、その近くに観光ホテル、レストハウス、土産物店が散っている。磯遊びに適した場所で、行楽客が最も多い。

島の北側には観光船発着場がある。その向こう側は三崎港だ。

観光船発着場の右手に北原白秋の詩碑が建ち、すぐそばに爆破された城ヶ島大橋が無残な姿を晒していた。橋脚が幾つか残っているだけだった。

島の中央部には海南神社、常光寺、魚籃観音の屋根が見える。南側は磯釣り場として人気が高い。城ヶ島大橋の右側にレストハウスや水産試験場があり、その近くにユースホステルが建っている。島の東半分の台地一帯は城ヶ島公園だ。

石畳の遊歩道がつづき、東側には休憩所がある。海の際には安房崎灯台が白く光っていた。城ヶ島公園の断崖には初冬から翌春にかけてウミウが群棲するが、いまは海鳥は一羽も見えない。

画像が変わり、ヘリコプターの機内が映し出された。マイクを握った男性記者の顔がアップになった。

「これ以上高度を下げると、犯人グループに狙い撃ちされる心配があります。しかし、人質が閉じ込められている二つの宿泊施設の周囲には武装した外国人たちの姿があったことは確認できました。また、島の磯は五人の男たちが見張りに立っていました」

画面が、また変わった。

城ヶ島の沖合には、第三管区海上保安部の巡視船や巡視艇が何隻も漂っている。大型巡視船の後部甲板には、ベル型ヘリコプターが翼を休めていた。

ベル型ヘリコプターは、船の速度に合わせて飛行できる。滞空時間は最大五時間だ。巡視艇は全長二十三メートルだが、それぞれ十三ミリ機銃を装備している。甲板に立つ海上保安官たちは一様に緊張した面持ちだった。

上空には、神奈川県警の大型ヘリコプターが旋回していた。新聞社の双発機やテレビ局のヘリコプターも舞っている。

「繰り返しお伝えします。昨夜、城ヶ島大橋が爆破され、『アラブの聖戦士たち』と名乗るテロリスト集団によって、城ヶ島が乗っ取られました。島民、行楽客、ホテル従業員たち数百人が犯人グループに人質に取られ、二つの宿泊施設に閉じ込められています。テロリストたちは全員イラク人だと称し、日本政府に六百億円の身代金を要求しています。現在、首相官邸では閣僚会議が開かれています」

放送記者の顔が消え、ふたたび城ヶ島の上空映像に切り替えられた。

それから間もなく、ＣＭが入った。自動車メーカーのコマーシャルが流れはじめたとき、バスルームから沙里奈が出てきた。身繕い（みづくろ）をし、薄化粧もしていた。

「イラク人と思われるテロリスト集団に城ヶ島が乗っ取られた」

土門は事件内容を詳しく語りはじめた。

2

警戒態勢は物々（ものもの）しかった。

三崎港の周辺には、神奈川県警のパトカーや装甲車がびっしりと並んでいる。赤い回転灯は数え切れない。

土門は五トンの木造漁船を微速（スロー）で走らせていた。

三浦半島南部の西海岸にある小網代湾を出航したのは、数十分前だった。地元の漁業組合員に金を握らせ、栄三郎丸という船名の漁船を調達したのである。

小さな船室には、黒いウエットスーツ、足ひれ、十二リットルのエアボンベなどを用意してある。水中スクーターは左舷の海面下に取り付けてあった。

あと数分で、午後十一時になる。

土門は暗視望遠鏡を目から離し、セレクターを全速前進に入れた。栄三郎丸が身震いしながら、疾駆しはじめた。

海は凪いでいる。それでも栄三郎丸は、うねりに揉まれはじめた。

城ヶ島の数キロ沖に達すると、土門は舵輪を大きく左に切った。島と平行する形で航行する。

土門は、ふたたび暗視望遠鏡を覗き込んだ。

ハイテクを結集した最新型だった。粒子が細かく、夜間でも物がくっきりと見える。

左手前方に、第三管区海上保安本部所属の大型巡視船『なみかぜ』が浮かんでいた。

城ヶ島の磯寄りには、四隻の巡視艇がほぼ等間隔に碇泊中だ。

城ヶ島中央部の上空には、海上保安庁のマークの入ったビーチクラフトが舞っている。その向こうには、神奈川県警航空隊の大型ヘリコプターが空中停止していた。高度は百数十メートルだろう。

あまり犯人グループを挑発しないほうが得策だろう。しかし、警察と海保はライバル意識を剝き出しにして、早く手柄を立てたいと焦っている様子だ。

土門はノクトスコープを下げた。

ちょうどそのとき、灰色のパーカのポケットの中でスマートフォンが鳴った。電話をかけてきたのは黒須だった。

「土門ちゃん、ほんの数分前にアブードが自宅マンションに戻ったぞ」

「そうですか」

「東京に戻ってきて、アブードを締め上げたほうがいいんじゃないのか？」

「いや、おれは予定通りに城ヶ島に潜り込みます。犯人グループを操ってるのがアブードなのかどうか確かめたいし、アマゾネス軍団のことも知りたいんでね」

「いまは、まだ船の上か？」

「ええ、そうです」

土門は漁船で城ヶ島の東端に近づき、水中スクーターで上陸する作戦であることを明かした。

「うまくいくといいが、おそらく海岸線近くには海上保安庁の船外エンジン付きのゴムボートが何艘も潜んでるだろうな」

「うまく掻い潜りますよ。黒さん、アブードが外出するようだったら、尾行してほしいんです」

「わかってる。そうだ、言い忘れてた。アブードが帰宅したとき、デジタルカメラで隠し撮りしといたよ」

「そいつは助かるな」

「くどいようだが、あまり無謀なことはするなよ。命のスペアはないんだからさ」

黒須が先に通話を切り上げた。

土門はスマートフォンを所定の場所に戻すと、煙草に火を点けた。栄三郎丸は快調に波を蹴立てている。やがて、船は安房崎灯台沖を回り込んだ。

短くなったラークの火を消したとき、不意に小さなエンジン音がした。

土門は操舵室を出て、右舷に寄った。船外機付きの黒いゴムボートが近づいてくる。ボートには、二人の男が乗り込んでいた。

「こちらは第三管区です。この海域での操業は、控えるよう漁業組合に要請したはずですよ」

拡声器から男の太い声が流れてきた。

土門はすぐに操舵室に戻り、霧笛を短く鳴らした。了解のサインだ。ゴムボートはゆっくりと遠ざかりはじめた。

危ないところだった。

土門は、栄三郎丸を城ヶ島の東に位置する剣崎沖まで走らせた。剣崎は太平洋の荒波がダイナミックに打ちつける景勝の地で、灯台下の広い磯は絶好の釣り場になっている。土門は数キロ沖で栄三郎丸のエンジンを切り、錨を落とした。

船室に回って、作業服を脱ぐ。土門はTシャツの上にウエットスーツを着込み、長い足ひれを装着した。ウエイトベルトを腰に巻き、防水パウチを括りつける。パウチの中には、ベレッタM84が入っていた。残弾は三発だ。

エアボンベを背負い、船室を出る。左舷の縁板に腰かけ、マウスピースをくわえた。

土門は体を後転させ、海中に入った。

立ち泳ぎをしながら、船体から水中スクーターを外す。水中スクーターを抱きかかえ、水深二十メートルまで沈んだ。

土門は水中スクーターのエンジンを始動させ、ハンドルバーに両手を掛けた。水中ライトを点け、マリーン・マグネットで城ヶ島の位置を確認する。

土門はスロットルを少しずつ開きはじめた。

水中スクーターはジェット水流を吐きながら、静かに動きだした。土門は体を水平に保ち、流れに身を委ねた。

マリンスノーが漂い、あまり視界は利かない。

土門は水中スクーターを海底近くまで下げた。水中ライトに照らされた鰈(かれい)が驚き、次々に砂地から顔を出した。岩や藻(も)の陰からは、アイナメや海老が飛び出してくる。

数十分で、城ヶ島の東端に達した。

土門は水中スクーターのエンジンを切り、手早くライトも消した。水中スクーターを抱きかかえながら、磯に接近する。

土門は海面から頭だけを出し、あたりを素早く見回した。

見張りらしき人影は目に留(と)まらなかった。海上保安庁のゴムボートも近くには浮かんでいない。

土門は水中スクーターとエアボンベを岩陰に隠し、ウエイトベルトとロングフィンを外した。防水パウチからベレッタM84を取り出し、中腰で磯を離れた。

そのとき、左手で炸裂音(さくれつおん)が轟(とどろ)いた。

橙色(だいだいいろ)がかった閃光が走り、海上保安官が倒れた。四、五十メートル離れた場所だった。

どうやらテロリスト集団は、海岸線にブービー・トラップを仕掛けていたらしい。細いワイヤーに触れると、手榴弾(しゅりゅうだん)が爆発する仕組みになっている。いわゆる仕掛け爆弾だ。

見張り役の外国人が高い声で何か喚(わめ)き、短機関銃を掃射しはじめた。

船外機付きのゴムボートに乗っていた海上保安官が被弾し、海中に落ちた。磯に倒れた海上保安官は微動だにしない。すでに死んでいるのだろう。

土門は迂回して、サブマシンガンを持った男の背後に回り込んだ。しかし、男は掻き消えていた。土門は城ヶ島公園に足を踏み入れた。轟麻衣が監禁されていた建物は公園の近くにあるのだろう。

土門は公園を出て、あたりを歩き回った。

ほどなく見覚えのある建物が視界に入った。別荘風の造りだ。麻衣が閉じ込められていた家屋に間違いない。

どの窓も暗かった。

土門はベレッタのスライドを引き、家屋に忍び寄った。ポーチに上がり、玄関のドアに耳を押し当てる。

人のいる気配はうかがえない。それでも土門はノブに手を掛けた。施錠されていなかった。

土門は建物の中に入り、各室をチェックした。

やはり、誰もいなかった。二つの地下室を検べてみたが、無人だった。滑車は外されていた。

スーザンたちは人質の見張りをしているのだろうか。それとも、もう島内にはいないのか。

土門は建物を出て、ユースホステルに足を向けた。

ユースホステルには電灯が点いていた。どの窓も明るい。土門はユースホステルに忍び寄り、繁みの陰から玄関ロビーを見た。

人質と思われる大勢の男女がロビーの床に這わされていた。

ロビーには、自動小銃を手にした中東系の男が二人いた。どちらも三十歳前後で、眼光が鋭い。

客室は人質で埋まり、おそらく廊下や階段にもたくさんの男女があふれているのだろう。大女たちの姿は見当たらない。

人質が数人なら救い出せるだろうが、大勢ではどうすることもできない。土門はユースホステルの裏手に回り、島の西端にある観光ホテルをめざした。

中央部にある海南神社の前を通ったとき、若い女の泣き声がした。土門は境内に走り入った。

太い樹幹を抱かされた女が尻を突き出している。下半身だけ裸だった。夜目にも、剥き出しのヒップは白かった。

女の後ろには、中東系の男が片膝を落としている。『アラブの聖戦士たち』のメンバーだろう。男は、人質と思われる女の秘部を指で弄んでいた。

「やめてください。わたしには婚約者がいるんです」

女が涙声で訴えた。

「もう泣かないね。おまえ、もうじき気持ちよくなる」

「お金を差し上げますから、わたしをホテルに帰らせてください。絶対に逃げたりしません」

「おまえ、逃げたくても逃げられない。わたしたち、アイランドジャックしたね。逃げたら、すぐ撃ち殺すよ」

男が言いながら、奇妙な形をした細長いナイフで女の太腿をぴたぴたと叩いた。

女が全身を竦(すく)ませた。男のかたわらには、コルトＭ16Ａ1(ワン)が置いてある。アメリカ製の自動小銃だ。

「お願いだから、もう許して」

「おまえ、諦(あきら)めがよくないね。わたし、何がなんでもセックスする」

男が言いながら、性器を摑(つか)み出したようだ。土門のいる位置からは確認できなかった。男が立ち上がって、女の腰を引き寄せた。

土門は男の背後に走り、ベレッタの銃口を後頭部に密着させた。

「汚(きたね)えマラを突っ込んだら、頭を吹っ飛ばすぞ」

「な、何⁉」

男がぎょっとした。土門は相手に足払いをかけた。男が横に転がった。

弾みで、反り(そ)の強い刃物が落ちた。土門はナイフを遠くに蹴って、女に声をかけた。

「あんた、人質のひとりだな?」

「はい。遊ケ崎(あそびがさき)の土産物店で働いてるんですけど、観光ホテルに軟禁されてしまったんです」

「好きなとこに逃げろ。公園裏の磯まで行けば、海上保安官のゴムボートが近くに浮かんでるだろう」

「あなたは神奈川県警の方なんですね?」

「違う。いいから、早く逃げるんだ」

「は、はい」

女が脱がされたスカートとパンティーを地べたから拾い上げ、手早く身につけた。

それから彼女は、一目散に逃げ去った。

男がM16A1に手を伸ばした。

土門は相手の腹を蹴り上げ、先に左手で自動小銃を摑み上げた。

「イラク人だなっ」

「………」

「なんで黙ってやがる?」

「わたし、イラク人になりすましてただけね。ほんとはイラン人で、名前はアリよ。ほかの十三人の仲間も、わたしと同じ国の出身ね」

　アリと名乗った男が言った。

「テロリストどもはイラン人だと⁉」

「そう、十四人ともイラン人ね。わたしたち、ペルシャ語話す。イラク人はアラビア語使ってる。国名も顔つきも似てるけど、わたしたちは全員、イラン人ね。ある人に頼まれて、イラク人の振りしてるだけ」

「ある人って、誰のことだ？」

「それ、言えないよ。その人を怒らせたら、わたしたち、謝礼貰（もら）えなくなる」

「てめえの雇い主は、イラク人貿易商のバーディ・アブードじゃないのか？」

「あなた、なぜ知ってる⁉」

「やっぱり、そうだったか。アブードはフセイン政権を崩壊させた米英連合軍を支持した日本に仕返しするつもりで、この島を占拠して六百億円の身代金を政府に要求したんだな？」

「そういうこと、わたし、よくわからないよ。わたしたち、新宿、渋谷、横浜、名古屋で日本人に麻薬（ドラッグ）売ってたね。でも、警察うるさくなった。商売うまくいかなくなったよ。そんなとき、ムハマンド、いい話を持ってきてくれた」

「ムハマンドというのは、てめえら不良イラン人グループのボスなんだな」

「そう、そうね。ムハマンド、渋谷グループのボスだった。ほかのグループの親分たち、ムハマンドに逆らえない。だから、彼がグループ全体の大ボスね」

「ムハマンドはどんなふうにして、仲間を集めたんだ？」

　土門は自動小銃の銃口で、アリの頭を小突いた。

「わたしたちに、ムハマンド言った。イラク人のテロリストに化けて城ヶ島を占拠するだけで、アブードという男からひとりにつき七十万円貰えるとね。ギャラ、悪くない。わたしたち、喜んで協力する気になったよ。人質の処刑を引き受ければ、別に三十万円くれるという話だった」

「着手金は、もう貰ったのか？」

「ひとり二十万円ずつ貰った。残りの五十万円は、日本政府が六百億円出したら、すぐ貰えることになってる」

「そうか。まだ人質は誰も殺ってないんだな？」

「そう、そうね。でも、わたしたち、若くて美しい女たちを二十人ぐらいレイプした。ムハマンド、好きなだけレイプしてもいいと言った。だから、わたしたち、女を姦っちゃったよ」

「銃やナイフで威して、人質の女を裸にしやがったのか？」

「そう。女たち、言う通りになったね。日本の男たち、どいつも臆病だった。誰もレイプするなと言わなかった。みんな、見て見ぬ振りしてたね。イランの男だったら、誰も体を張って止めるよ」

アリが得意顔で言った。

土門は、M16A1の銃身でアリの側頭部を強打した。アリが呻いて、転げ回る。

「日本の男がすべて腰抜けってわけじゃない。人質にされた野郎たちは、たまたま意気地のないのが揃ってただけさ。それに、銃を見馴れてないから、ビビっちまったんだろう」

「それにしても、だらしなかったと思うね」

「てめえ、撃ち殺されてえのか！」

「わたし、まだ死にたくない。謝るよ。ごめんなさい」

「二度と偉そうなことを言うなっ」

「わかったよ」

「武器はどうしたんだ？」

「アブードというイラク人が用意してくれた。仕掛け爆弾の張り方も、彼が教えてくれたね」

「城ヶ島大橋を爆破させたのは誰なんだ？」

「それ、ムハマンドがやったね。でも、軍事炸薬（さくやく）やタイマーを用意したのはアブードだった」

「白人と黒人の大女は、どこにいる？」

「その女たち、誰のこと？」

「アブードに雇われた女コマンドのことだ」

「わたしたち、そういう女たちは見てない。ムハマンドが橋の爆破したとき、白人女も黒人女も島にいなかったよ」

「そうかい。ムハマンドはどこにいる？」

「観光ホテルの中ね」

「よし、ゆっくり立ち上がれ」

「あなた、わたしをどうする気？」

「ムハマンドに会いに行く。てめえには、おれの弾除け（たまよ）になってもらう。早く起きやがれ！」

「いま、立つよ」

アリが言いながら、のろのろと立ち上がった。土門はベレッタを防水パウチの中にしまい、自動小銃を右手に持ち替えた。

アリがチノクロスパンツの前を整え、渋々、歩きだした。

土門はアリの後ろに回った。二人は神社の境内を出ると、観光ホテルに足を向けた。土産物店の連なる通りに出たとき、暗がりから男が現われた。彫りが深い。イラク人を装ったイラン人だろう。

アリがペルシャ語で男に何か言った。

男がM16A2カービンを構えた。銃身の下には、M203グレネード・ランチャーが装着されている。アリが大声で何か言い、手を横に大きく振った。

相手が何か怒鳴り返した。アリが大きく身を屈める。土門は肩から転がった。

M16A2カービンが火を噴く。放たれたライフル弾はアリに当たった。アリが短く呻き、後ろに引っくり返った。それきり動かない。

土門は寝撃ちの姿勢をとり、自動小銃の引き金を一気に絞った。

アリを誤射した男が肩に被弾し、尻から落ちる。カービン銃が無駄弾を数発吐いた。

土門は立ち上がって、倒れた男にライフル弾を浴びせた。

男はすぐに絶命した。土門は通りを走り抜け、灯台博物館の陰に身を潜めた。すぐに武装した男たちがやってきた。三人だった。

土門は自動小銃の残弾を確かめた。

四発だった。持久戦になったら、不利になる。土門は先頭の男を撃ち倒し、横に走った。

残りの二人が相前後して、短機関銃を唸らせはじめた。

どちらもウージーだった。九ミリ弾が飛んでくる。

土門は銃弾を躱（かわ）しながら、ウミウ展望台のある方向に走りはじめた。二人の追っ手が駆けながら、扇撃（ファンニング）ちしてくる。

土門は植え込みの中に飛び込み、すぐさま反撃した。二弾目が片方の男に命中した。胸部に当たったようだ。

最後のひとりが猛然と撃ち返してきた。

土門は応戦した。たちまち残弾を撃ち尽くしてしまった。

いまは退散すべきだろう。

土門はＭ16Ａ1を投げ捨て、防水パウチからベレッタＭ84を取り出した。敵を充分に引き寄せてから、イタリア製拳銃を吼（ほ）えさせる。

放った銃弾は相手の膝を砕いた。男がうずくまり、トランシーバーを耳に当てた。仲間を呼び寄せるつもりなのだろう。

いったん磯まで後退することに決めた。土門は姿勢を低くしたまま、横に走りはじめた。

3

人影は接近してこない。

土門は、ひとまず安堵した。

城ヶ島灯台の近くの磯に身を隠したのは、数十分前だった。イラク人を装ったイラン人たちは追走を諦め、それぞれの持ち場に戻ったのだろう。

あたりは静まり返っていた。磯を洗う波の音がリズミカルに響いてくる。

後方の海上に点々と浮かぶ巡視艇にも動きはない。大型巡視船の『なみかぜ』は、なぜか数キロ沖合まで退がっていた。

城ヶ島上空を旋回中のベル型ヘリコプター212、YS11、ビーチクラフトMA517も高度を下げる気配はうかがえない。

「犯人グループに告ぐ。こちらは第三管区海上保安本部だ。人質をただちに解放して、降伏しなさい。いつまでも抵抗しつづけるなら、強行上陸も辞さない！」

突然、海上から拡声器で増幅された男の濁声が流れてきた。

少し経ってから、観光ホテルのあたりで短機関銃の掃射音がした。犯人グループが降伏する気がないことを示したのだろう。

銃声が熄（や）むと、城ヶ島の対岸の三崎港から神奈川県警の降伏勧告の声が上がった。

ほとんど同時に、島内でサブマシンガンの連射音が響いた。

警察も海保も互いに負けられないと思っているのだろう。

海上保安庁は、海上や船舶内での犯罪を主に取り締まっている。城ヶ島占拠事件は本来、警察が捜査を担当することになっていた。しかし、犯人グループが船で海に逃れたら、受け持ちは海上保安庁になる。そんな事情があって、双方が捜査に乗り出したわけだ。

月が雲に隠れた。

ちょうどそのとき、島の上空でホバリングしていた神奈川県警のヘリコプターが急降下した。特殊部隊員をロープで地上に降下させ、二カ所の宿泊施設に強行突入させる気になったらしい。

機は高度数十メートルまで下がり、ふたたびホバリングに入った。スライドドアが開けられ、ロープが垂らされた。

そのとき、磯に五つの人影が現われた。

全員、黒のウエットスーツを着ていた。警察のフロッグメンだろう。

突然、頭上のヘリコプターが派手な音をたてて爆（は）ぜた。

犯人グループがロケット・ランチャーを使ったにちがいない。ローターがブーメランのように泳ぎ、砕けた金属片やシールドが舞った。

大きな炎の塊(かたまり)が地上に落下し、油煙を立ち昇らせはじめた。

土門は、上陸した五人のフロッグメンに目をやった。彼らは一カ所に集まり、作戦を練り直している様子だった。

暗がりで、二つの銃口炎(マズル・フラッシュ)が明滅した。銃声は低周波の唸(うな)りに似ている。イスラエル製のウージーだろう。

ひと塊になっていた五人が次々に撃ち倒され、折り重なった。

土門は防水パウチからベレッタM84を取り出し、セーフティーロックを解除した。

そのすぐ後、闇の奥から二人の男が姿を見せた。ともにイラン人だろう。どちらも、イスラエル製の短機関銃を手にしていた。

片方を射殺して、もうひとりは肩を狙うか。

土門はベレッタの銃把(グリップ)を両手で握った。標的は、だいぶ離れていた。残弾の二発は有効に使わなければならない。土門は岩陰から岩陰に移りはじめた。

二人の男は撃ち倒したフロッグメンたちに駆け寄り、武器を奪い取った。すぐに彼らは観光ホテルのある場所に戻りはじめた。

土門は標的までの距離を目で測(はか)った。

優(ゆう)に三十メートルは離れている。遠すぎた。引き金を絞っても、まず命中しないだろう。土門は撃つのを諦めた。

男たちは、ほどなく闇に紛れた。死んだアリの話が事実なら、犯人グループは十人しか残っていないはずだ。それだけの人数で海岸線と二つの宿泊施設をガードすることはできないだろう。

隙を衝いて、リーダーのムハマンドに迫るか。

土門は岩陰から出て、観光ホテルに向かった。磯の向こうには、防風林があった。樹木と樹木の間に細いワイヤーが張られ、手榴弾が括りつけられている。

ブービー・トラップだ。うっかりワイヤーに触れたら、爆死してしまう。

土門は仕掛け爆弾を避けながら、慎重に進んだ。

数分歩くと、観光ホテルに着いた。看板には、温泉という文字も入っていた。

ホテルの裏手には見張りは立っていなかった。土門は左側から建物を回り込み、表玄関の前をうかがった。

さきほど五人のフロッグメンを射殺した二人の男がたたずみ、早口のペルシャ語で何か言い交わしていた。どちらも片手にウージーを提げている。

二人は銃器の扱いには馴れている様子だった。元軍人か、警察関係者だったのかもしれない。二人が別々になるまで待とう。

土門はベレッタの銃口を下げた。

そのとき、不意に太い腕が喉元に喰い込んだ。振り向く前に、土門は背中に硬い物を突きつけられた。感触で、拳銃の銃口と察した。

「おまえ、ポリスか？」

背後の男が日本語で訊いた。少しアクセントがおかしかった。

「だったら、どうする？」

「神奈川県警か？」

「好きなように考えな」

土門は言うなり、右の踵で後ろの男の向こう臑を蹴った。

男が呻く。土門は相手の左腕を振り払い、右のエルボーを鳩尾に叩き込んだ。男が唸った。

振り向きざまに、膝で男の急所を蹴り上げる。口髭を生やした男が呻いて、前屈みになった。三十二、三歳だろうか。ずんぐりとした体型だった。

シグP210を握っていた。スイス製の高性能拳銃だ。

土門はベレッタの銃把で、男の背中を強打した。

男が短く唸って、しゃがみ込んだ。土門は素早くシグP210を奪い取った。

そのとき、ウージーを持っている二人が血相を変えて走ってきた。ほぼ同時に、二つの銃口が土門に向けられた。

片方の男が、土門の手からベレッタM84とシグP210を奪った。

口髭をたくわえた男は立ち上がり、仲間が差し出したスイス製の拳銃を受け取る。

ベレッタは、前にいる男のベルトの下に差し込まれた。

ずんぐりとした男が母国語で、二人の仲間に何か言った。三人は土門をどうするか迷っているようだ。

「おれを殺(や)ったら、ちょいと面倒なことになるぜ」

土門は口髭の男に言った。

「おまえ、誰？　ポリスじゃないのか？」

「外れだ。おれはアブードの知り合いさ。おまえらがちゃんと人質を監禁してるかどうか、様子を見に来たのさ」

「アブードに頼まれて？」

「ああ、そうだ。おまえらの敵じゃないんだよ」

「おまえの話、信用できない。ボスのとこに連れていく」

「ムハマンドは、このホテルにいるのか？」

「なんでボスの名前、知ってる⁉」

「アブードからムハマンドの話を聞いてたからさ」

「ほんとなのか？」

「ああ」

「おまえの話、ほんとかどうかすぐわかる」

口髭を生やした男が言い、二人の仲間に目で合図した。

土門は三人に取り囲まれ、観光ホテルの中に連れ込まれた。ロビーには、人質の男女が大勢いた。見張りの男は肩に自動小銃の負い革（スリング）を掛けている。

土門は二階に上がらされた。

廊下にも、人質があふれていた。一様（いちよう）に、やつれが目立つ。誰もが絶望的な表情だ。ドアの開け放たれた客室も、自由を奪われた老若男女でいっぱいだった。奥の一室だけはドアが閉ざされている。

ずんぐりとした男が二人の仲間に目配せした。ウージーを持った二人は、すぐに背を向けた。

「この部屋にボスがいる」

残った男が土門に言って、ドアをノックした。

ややあって、男の声で応答があった。ムハマンドだろう。

ドア越しに短い遣り取り（やりとり）が交わされた。ペルシャ語だった。

男が部屋のドアを開け、土門の背を押した。

土門は先に入室した。ソファに腰かけた丸刈りの男がバーボンウイスキーをラッパ飲みしていた。銘柄はワイルドターキーだった。

　男は筋肉質で、上背もあった。ずんぐりした男が土門をソファの前に押し出した。

「あんたがムハマンドだな？」

「そうだ」

　相手の日本語は滑らかだった。ムハマンドは、何年も前から日本に不法滞在しているのだろう。三十八、九歳か。

「アブードに頼まれて、おれたちの仕事ぶりを見に来たって？」

「まあな」

「そんな嘘が通用すると思ってるのか？　だとしたら、おまえは頭が悪い」

「言ってくれるじゃねえか。アブードに電話をして、おれのことを訊いてみてくれ。そうすりゃ、疑いも晴れるだろうよ」

　土門は際どい賭けを打った。

「こんな夜更けに電話をしたら、アブードに叱られる。それに、そんなことをしても無駄さ。おまえはポリスか、海上保安官だろうからな」

「おれが敵じゃないことを証明してやらあ。おまえら十四人は、ひとり七十万の謝礼で城ヶ島の占拠を請け負った。そして、前金を二十万ずつ受け取った。城ヶ島大橋を爆破したのは、そっちだよな」

「そんなことまで知ってるのか⁉」

　ムハマンドは驚きを隠さなかった。ずんぐりとした口髭の男がムハマンドに母国語で何か言った。二人の会話から、男の名がハッサムであることがわかった。

「おまえは、なんという名前なんだ？」

　ムハマンドが問いかけてきた。土門は、ありふれた姓を騙(かた)った。

「アブードから、鈴木(すずき)なんて名前を聞いたことは一度もないぞ」

「だろうな。おれは、もっぱら偵察の仕事を任されてるんでね」

「おれたちは信用されてなかったわけか。なんか面白くないな。アブードに言われた通り、この島を乗っ取って、人質もちゃんと確保した。もう少ししたら、見せしめの処刑もする。いま十人の生贄(いけにえ)を選ばさせてるとこなんだ」

「アブードは日本政府がすんなり六百億円を出そうとしないんで、ついに痺(しび)れを切らしたか。見せしめの処刑のことは聞いてたが、こんなに早くやらせるとは思わなかったよ」

「アブードさんは、日本政府が時間稼ぎをしてるようだと苛(いら)ついてた。だから、本当に人質を十人殺してくれと電話で言ってきたんだ。それから、死んだサダム・フセインの打倒を支持した日本にとっても腹を立ててる。どんな汚い手を使ってでも六百億円をせしめると言ってた」

「おれも、その話は何度も聞かされたよ」

「そうか。それはそうと、握手をしようじゃないか」

ムハマンドが唐突に言った。

この男は何か企んでいるにちがいない。といって、警戒心を見せたら、かえって怪しまれるだろう。

土門はそう判断し、やむなく右手を差し出した。ムハマンドが土門の右手首を強く摑み、鼻を近づけた。

「何してるんだ?」

「硝煙の臭いがするな。四人の仲間を撃ち殺したのは、おまえだなっ」

「いったい何の話なんだよ」

「ふざけるな」

「急に怒りだされても、わけがわからねえな。ちゃんと説明してくれ」

土門はムハマンドの手を振り払い、ショートアッパーを放った。パンチはムハマンドの顎にヒットした。

ムハマンドが上体をのけ反らせる。弾みで、ワイルドターキーの罎が床に落ちた。ウイスキーが零れはじめた。

土門はムハマンドの体を探った。意外にも丸腰だった。

「動くな！」

ハッサムが大声を張り上げ、シグＰ210の銃口を土門の脇腹に押し当てた。土門は動きを封じられた。

ムハマンドが手の甲で口の端の血を拭い、ソファから勢いよく立ち上がった。憎悪で目が暗く燃えている。パンチを受けたとき、うっかり自分の舌を噛んでしまったのだろう。

「おまえの正体を暴いてやる」

ムハマンドが右のロングフックを放った。

パンチにスピードはなかった。その気になれば、たやすく躱せただろう。

しかし、土門はわざとパンチを避けなかった。抵抗するのは得策ではないと考えたからだ。

二発目のパンチは肝臓に叩き込まれた。ウエットスーツを着ているため、ダメージは小さい。わずかに体をふらつかせただけだった。

ハッサムがシグＰ210の銃把の角で土門の側頭部を撲った。一瞬、意識が霞んだ。

土門は呻いて、しゃがみ込んだ。

次の瞬間、ムハマンドが前蹴りを放った。土門は脇腹をまともに蹴られ、床に転がった。

「おまえは何者なんだっ」

ムハマンドがハッサムの手から拳銃を捥取り、銃口を向けてくる。土門は返事をしなかった。

「ぶっ放すぞ」

「おれはアブードの密偵だよ」

「ふざけるなっ」

「大真面目さ、おれは」

「こいつを処刑第一号にしよう。早いとこ始末しろ」

ムハマンドが言って、自動拳銃をハッサムに返した。

ハッサムが土門の腰を蹴った。

「おまえ、立つ。わかったかっ」

「でけえ声出すなって」

「早く起き上がれ」

「急かすなって」

土門は身を起こした。ハッサムが後ろに回り込み、背を押す。土門はホテルの前に連れ出された。

数分後、エントランスロビーから人質の男女も引きずり出された。

男が六人、女が四人だ。年代は、まちまちだった。今夜の生贄にちがいない。

十人は横一列に並ばされた。ウージーを持った例の男たちが人質の前に立つ。

「われわれをこんな所に並ばせて、どうする気なんだ？」

五十年配の男がハッサムに訊ねた。

「日本政府は、ずるずると回答を引き延ばしてる。おれたち、頭にきたね」

「それだから、なんだというんだっ」

「おまえたちを処刑する。そうじゃないと、日本政府、なかなかお金を出さないね。それ、困る。だから、おまえたちにスケープゴートになってもらう」

「なんてことなんだ」

「おまえたちを銃殺する前に、この男を先に撃つ。どんな死に方するか、楽しみね」

ハッサムがシグP210を握り直す。

土門はハッサムに体当たりして、大きく身を翻した。ハッサムが悪態をつき、すぐに発砲してきた。土門は物陰に走り入り、観光ホテルの表玄関を見た。

ちょうどそのとき、二人の男がイスラエル製の短機関銃をフルオートで掃射させた。

横一列に並ばされた十人の人質は次々に倒れた。

「くそったれどもが」

土門はハッサムを睨みつけた。

ハッサムがシグP210を連射させる。土門は頭を低くして、観光ホテルから遠ざかりはじめた。ハッサムと二人の男が猛然と追ってくる。土門は暗がりを選びながら、ひたすら走った。

いつしか追跡者の姿は消えていた。

土門は水中スクーターやエアボンベを隠してある磯に向かった。

ムハマンドたち十四人のイラン人をイラク人テロリストに化けさせたのは、やはりアブードだった。人質に取られた人々には気の毒だが、彼らを救出するのは神奈川県警と第三管区海上保安本部の仕事だ。

明日にでもアブードを取っ捕まえて、とことん痛めつけよう。

土門は走る速度を上げた。右手に見える海面は、ところどころ白く光っている。夜光虫が群れているのだろう。

4

ノックをすると、即座に応答があった。

土門は副総監室のドアを開けた。平岡（ひらおか）副総監は制服姿で執務机に向かっていた。城ヶ島から命からがら生還した翌日の午後四時過ぎだ。

「おう、きみか」

「副総監にちょっと協力してほしいことがありまして……」

「そっちで話を聞こう」

　平岡が執務机から離れ、ソファセットに歩み寄った。土門はコーヒーテーブルを挟んで平岡副総監と向かい合った。

「組対（そたい）は居心地が悪いのかね。それなら、捜一に配転させてやってもいいぞ。きみには有資格者（キャリア）たちの弱みを握られてるから、少々の無理は聞いてやらんとな」

「いまのセクション、別に居心地は悪くないですよ。ちょっと退屈ですがね」

「わたしに協力してほしいというのは？」

「城ヶ島が『アラブの聖戦士たち』に占拠された事件（ヤマ）は当然、ご存じでしょう？」

「もちろん、知ってるさ。島内にいた数百人の男女を二つの宿泊施設に軟禁して、六百億円の身代金を要求してる大事件だからな」

「昨夜、十人の人質が見せしめに処刑されたことは？」

「それも知ってるよ。城ヶ島占拠事件ときみは何か関わりがあるのか？」

　平岡が訊いた。土門は、人質の中に旧友がいると嘘をついた。

「それは心配だな」

「ええ。そんなことで、個人的に城ヶ島乗っ取り事件のことを調べはじめてるんですよ」

「それはいいが、あまり神奈川県警を刺激しないでくれよな。あまり反(そ)りの合わない隣組なんだから」

「わかってますよ」

「で、わたしにどうしろと言うんだ？」

「法務大臣か首相に電話をかけて、政府が非公式に犯人グループに六百億円の身代金を払ったかどうか確かめてもらいたいんですよ」

「身代金は非公式に渡したそうだ」

「その話は事実なんですね？」

「ああ、確かな話だよ。法務大臣から得た情報だからな。身代金は三十億円ずつメガバンクや地方銀行に振り込まれたそうだ。しかし、いずれも架空名義口座だったらしい。しかも、振り込み直後に犯人グループは二十行の三十億円をそっくり香港のペーパーカンパニーの口座に移し、全額引き出したというんだよ」

平岡が苦々しげに言った。

「それじゃ、身代金の行方はもうわからないわけですか」

「そういうことになるね。『アラブの聖戦士たち』の捜査資料がまったくないんだが、故サダム・フセインの狂信的な支持者で構成されてるんだろう」

「でしょうね」

　土門は話を合わせた。城ヶ島を占拠している男たちがイラク人になりすました不良イラン人だと明かしても、なんのメリットもない。

「十人の人質が殺されたんで、政府は強硬策を講じはじめてるようだ。これ以上、犠牲者を増やすわけにはいかないからな」

「ですね」

「きょうか明日にも、第三海保と神奈川県警は協力し合って、城ヶ島に強行上陸するだろう。きみの旧友も、間もなく救出されると思うよ」

「だといいんですがね」

「そういうことだから、きみは下手に動かないほうがいいな」

「わかりました。おとなしく待つことにします」

「そのほうがいいね。ところで、きみの課の戸張誠次課長のことなんだが、最近、様子がおかしくないか？」

「ふだんと変わらないと思いますが、どうかしたんですか？」

「戸張君、職場のみんなには内緒で青山の精神科クリニックに通ってるらしいんだよ」

「それは知りませんでした。うつ病になったんだろうか」

「そうみたいなんだよ。単刀直入に訊くが、きみ、彼に厭味や当て擦りを言わなかったか？」

「おれは、キャリアたちの茶坊主なんか歯牙にもかけませんよ」

「茶坊主は言いすぎだろう？　戸張課長は叩き上げだが、努力を重ねて現在のポストを摑んだんだ。それはそれで、立派なことじゃないか。そうは思わんかね？」

「こっちは有資格者どもの顔色をうかがってる奴らが嫌いなんですよ。男だったら、損得なんて考えないで自分の生き方を貫き通さないとね」

「それは理想論だろう？」

副総監が戸張課長を庇った。

「いや、その気になれば……」

「家族を背負ってる男たちは、きみのように捨て身では生きられんよ」

「それはそうでしょうが、牡が牙を剝かなくなったら、もうおしまいです。失礼します」

土門はソファから立ち上がり、副総監室を出た。十一階だった。

収穫はなかった。時間を無駄にしてしまった。

土門はエレベーターに乗り込んだ。函が六階で停止し、戸張課長が乗り込んできた。黒革の鞄を提げていた。

土門は扉が閉まってから、戸張に話しかけた。

「青山のクリニックに出かけるのかな」

「えっ」

戸張が蒼ざめた。

「少し前まで平岡副総監の専用室にいたんですよ。心が風邪をひいたみたいだな」

「副総監が喋ったのか⁉」

「まあね。偉いさんに忠誠を尽くしても、そんなもんですよ。あんたなんか単なる駒だと思ってる。もっと開き直って生きなきゃ、人生、愉しくないでしょ？」

「できることなら、そんなふうに生きてみたいさ。しかし、わたしの肩には女房や子供がぶら下がってるんだ。それに、切札を持ってる部下がいるんじゃ、大胆にはなれないよ」

「おれは、ノンキャリア組をとことん嬲る気はない。課長が小心翼々たる生き方をしてるのが気に入らないだけです」

「ずいぶん遠慮のない言い方をするんだな」

「実際、その通りでしょうが」

「そう言われると、返す言葉がないね」

「もっと肩の力を抜いて、イージーに生きればいいんですよ。たった一度の人生なんだから、思い通りに生きなきゃね。うつ病なんか、どうってことない。ちょっと生き方を変えりゃ、そのうち治っちゃいますよ」

「土門君……」

「そんな顔して、どうしたんです?」

「きみが優しい言葉をかけてくれたんで、ちょっと胸が熱くなったんだ。わたしは、きみのことを誤解してたのかもしれない。やくざよりも性質(たち)の悪い男だと思ってたが、案外、いい奴なんだな」

「そんな甘っちょろいことを言ってると、そのうち娘さんを姦(や)っちゃうよ。娘さん、いくつになったんでしたっけ?」

土門は冗談を言った。

戸張が固まったとき、エレベーターが一階に着いた。

土門は函(ケージ)から出た。戸張は地下二階の車庫まで下(くだ)るようだった。土門は本庁舎を出ると、近くに路上駐車してあるクラウンに乗り込んだ。車の所有者は盗難届を出しているはずだが、未(いま)だに検問に引っかかっていない。

土門はスマートフォンを使って、きょうもバーディ・アブードの自宅マンションを張り込んでいる黒須弁護士に連絡をとった。

「土門ちゃん、どうだった? 政府は非公式に犯人グループに六百億円の身代金を払ったって?」

「ええ」

土門は、平岡から聞いた話をかいつまんで喋った。

「架空口座では、もう身代金の線からは手がかりは得られないな」

「そうですね。もうアブードの口を割らせるほかない。黒さん、奴はまだ自宅にいるんでしょ？」

「ああ」

「それじゃ、これから二番町に行きますよ。張り込みの交代をしましょう」

「わかった。待ってる」

黒須が先に電話を切った。

土門は車を走らせはじめた。数十分で、目的地に着いた。『市谷アネックス・レジデンス』の斜め前にジャガーが見える。悪徳弁護士の車だ。

土門はクラウンをジャガーのすぐ後ろに停めた。ごく自然に車を降り、素早くジャガーの助手席に坐る。

「大物弁護士に張り込みなんか頼んじゃって、悪かったですね」

「水臭いことを言うなって。こっちだって、丸々と太った獲物に喰いつく気なんだから、妙な遠慮はしないでくれ」

「ええ、そうします」

「これを土門ちゃんに渡しておこう」

黒須が灰色の上着の内ポケットから写真の束を掴み出した。土門は、それを受け取った。アブードの写真を見る。

隠し撮り写真のせいか、やや被写体はぼやけていた。それでもアブードの顔は何枚もアップで写っている。

「こいつの面は、もう頭に刻みつけました。このプリントは黒さんが持っててくれませんか」

土門は写真の束を黒須に返した。黒須が写真を懐に戻す。

「虎ノ門の事務所に戻って、美人秘書の膝枕で少し寝たら?」

「そんなことをしたら、妙な気分になっちゃうだろう。ひとりで長椅子に横たわるよ」

「好きにしてください」

土門はジャガーから出て、クラウンの運転席に入った。

ジャガーがゆっくりと走り去った。土門は一服してから、沙里奈にスマートフォンで電話をかけた。これまでの経過を手短に伝える。

「朝からテレビで事件現場の中継を観てたの。撃ち殺された十人の遺体は、城ヶ島灯台の近くの磯から海に投げ棄てられたようよ」

「そうか。犯人グループの十人は夜になったら、人質を置き去りにして島から逃げる気なんだろう。もうボスのアブードは六百億円を手に入れたわけだからな」

「城ヶ島は警察と海保に包囲されてる。ムハマンドたちは、どうやって島から脱出するつもりなのかしら？」

「おそらく連中はエアボンベを背負って、海底近くを潜行する気でいるんだろう。そういう方法なら、海保の巡視艇のレーダーには引っかからないからな」

「土門さん、ちょっと待って。連中はエアボンベを背負ってるのよ。金属なら、レーダーに反応しちゃうでしょ？」

「レーダーでは捕捉できない特殊金属もあるから、そうとは言い切れないんだ」

「そうなの。ね、空から脱出するとは考えられない？　犯人グループはロケット・ランチャーまで持ってたんだから、パラプレーンか何かで逃げる可能性もありそうね」

「城ヶ島上空には、警察と海保のヘリや双発機が旋回してるんだ。いくらパラプレーンが小回りが利くといっても、とても追撃は躱せないだろう」

「そうかしらね」

「ひょっとしたら、ムハマンドたちは脱出する前に雇い主のアブードに口を封じられるかもしれないな。おれは、そんな気がしてるんだ」

「確かにアブードにとって、実行犯たちはもう用済みよね」

「そうなんだよ。現にアブードは、非合法ビジネスのパートナーだった柿崎を葬ってる。都合の悪い連中は冷然と始末するだろうな」

「そうだとしたら、アブードはどんな手でムハマンドたちを抹殺すると思う?」

沙里奈が言った。

「例のアマゾネス軍団に片づけさせる気でいるのかもしれないぞ。たとえば、逃走用の潜水用具に爆破物を仕掛けさせたり、エアボンベのホースに小細工をさせたりして……」

「ええ、考えられるわね」

「どういう手口であれ、アブードはイラク人に化けさせた不良イラン人たちを始末する気なんだろう」

「土門さんの勘はよく当たるから、そうなるかもしれないわね。それはそうと、土門さんはどうせ六百億をそっくり横奪りする気なんでしょ?」

「おれは、そんなに欲深じゃないよ。憎からず想ってるおまえさんに恐怖と不安を与えた奴を懲らしめてやりたいだけなんだ」

「あら、いつから偽善者になったの? あんまり似合わないことは言わないほうがいいわよ」

「お見通しだったか。おまえさんと轟麻衣が恐怖を味わわされて、おれ自身もロスでは殺されかけた。だから、それなりの慰謝料は払ってもらわないとな」

「慰謝料じゃなく、口止め料でしょ？　六百億をそっくり吐き出させたら、土門さん、大変なリッチマンになれるんじゃない？」

「別に、おれは金の亡者じゃない。ほんの少しだけ慰謝料を出させるだけさ」

　土門は本音を口にしなかった。

　むろん、アブードが手に入れた巨額の身代金をできるだけ多く毟る気でいた。金はいくらあっても、邪魔にならない。

「お金のことはともかく、アブードの犯行は卑劣よね。なんの罪もない人たちを数百人も人質に取って、しかも十人を見せしめに処刑させたんだから」

「そのこともそうだが、ムハマンドたち不良イラン人をイラク人に化けさせて、報復テロに見せかけた狡猾さが赦せないな」

「犯行の動機は報復テロじゃなく、ただの金銭欲だった？」

「それは、まず間違いないだろう。フセインの信奉者だった奴らの犯行に見せかけようとしたこと自体が汚い。アブードはイラク人でありながら、同胞の名誉を汚し、アラブ人全体のイメージも悪くさせたんだ」

「そこまでいくと、もう見苦しいだけね」

　沙里奈が言った。

「そうだな」

「やっぱりアブードが一連の事件の黒幕だったのかしら？」

「おれは、アブードの背後に誰かいると睨んでる。その首謀者は何かとてつもない陰謀を実現させようとしてるんじゃねえのかな。どうもそんな気がしてならないんだ」

「わたしも、彼はビッグボスじゃないと思うわ」

「もう間もなく、バックに控えてる黒幕の正体がわかるだろう。それはそうと、その後、おまえさんのパートナーの様子は？」

「きょうは午前中からアトリエに籠って、新しい作品の制作に取りかかってるの」

「そうか。早く立ち直ってくれるといいな。おまえさんまで塞ぎ込んだりすると、こっちも辛くなってくるからさ」

「土門さんの友情には感謝してるわ」

「友情じゃなくて、愛情だろ？　おれたちは、もう裸で抱き合った仲なんだぜ。少なくとも、性器の接触はあったんだ。沙里奈、今後は両性愛者になれよ。女とも男とも愛し合えるほうが人生豊かになるんじゃねえか」

　土門は言った。

「わたしを困らせないで。ちゃんと約束を果たせなかったことはルール違反だと思ってるけど、いまはやっぱり男性とセックスする気にはなれないの。いつか土門さんに借りを返したいとは思ってるけどね」

「そんなふうに考えないでくれ。おれは別段、ちゃんと約束を果たしてくれと匂わせたわけじゃないんだから」

「ええ、わかってるわ。とにかく、もう少し時間が欲しいの。話がおかしな方向に逸(そ)れちゃったけど、アブードには油断しないでね」

沙里奈が通話を切り上げた。

土門はスマートフォンを上着の内ポケットに戻した。紫煙をくゆらせながら、本格的に張り込みに取りかかった。

時間が虚(むな)しく過ぎ、やがて陽(ひ)が沈んだ。アブードの部屋に押し入る気になったとき、懐でスマートフォンが着信音を発しはじめた。

土門はスマートフォンを懐から摑み出し、ディスプレイを見た。黒須の名が表示されている。

「黒(くろ)さん、何かあったの？」

「ちょっとね」

なんと声の主は女だった。外国人特有のイントネーションで、聞き覚えがあった。

「その声はスーザンだなっ」

「当たり(ビンゴ)！　いまベティと一緒に黒須のオフィスにいるね。おまえの知り合いの弁護士と美帆という秘書、椅子に縛りつけた」

「その二人は無関係だろうが！」

「でも、おまえの知り合いね」

「どうしろってんだっ」

「三十分以内に、黒須のオフィスに来る。オーケー？　おまえがここに来なかったら、二人は死ぬことになるよ」

「わかった。すぐ虎ノ門に行くから、とにかく手荒なことはするな。いいなっ」

土門は電話を切り、慌ただしくクラウンを発進させた。

幹線道路は少し渋滞していたが、三十分そこそこで黒須法律事務所の入っているビルに着いた。車をビルの前に駐め、目的のオフィスに急ぐ。

敵は何か仕掛けてくるにちがいない。

土門はドアに耳を押し当てた。黒須と美帆のくぐもった呻き声が聞こえた。どうやら二人は、粘着テープか何かで口を塞がれているようだ。

金髪女と黒人の大女は、ドアの両側にいるのか。

土門はドアの下を軽く蹴った。人の動く気配は伝わってこない。スーザンとベティは奥に身を潜めているのだろうか。

ドアの向こうから、黒須のくぐもり声が響いてきた。声は途切れることがなかった。

黒須はドアに何か仕掛けられていることを教えようとしているのではないか。

土門は腰のベルトを抜き、バックルの部分をドア・ノブに巻きつけた。ベルトの反対側をしっかと握る。

土門はノブを回すなり、ベルトを張ってドアの横の壁にへばりついた。

次の瞬間、事務所の中から鋼鉄製の矢が三本飛んできた。頭、胸、腰の高さだった。

三本の矢は通路の壁に当たり、大きく撥ねた。

土門はノブから革ベルトを外し、室内に躍り込んだ。ドアの近くには洋弓銃が三つセットされていた。

それぞれワイヤーが括りつけられていたが、三本とも途中で切れている。ワイヤーの端は、いずれも内側のノブに巻きつけてあった。ドアを開けると、鋼鉄の矢が飛ぶ仕組みになっていたのだろう。危ないところだった。

土門は革ベルトを持ったまま、奥に進んだ。

スーザンとベティの姿はない。複写機のそばに、椅子ごと結束バンドで縛りつけられた黒須と美帆がいた。二人とも粘着テープで口を封じられている。

土門は革ベルトをキャビネットの上に置き、すぐさま二人の粘着テープを剝がし、結束バンドもほどいた。

「金髪と黒人の大女が押し入ってきて、いきなり拳銃を取り出したんだ。そばに美帆がいたんで、反撃できなかったんだよ」

黒須が忌々しげに言った。

「二人が無傷なんで、ひと安心したよ。大女たちは三つの洋弓銃を仕掛けて、すぐ消えたんですね？」

「そう。あの女たちは土門ちゃんを殺すつもりだったんだろう。もし失敗しても、アブードを逃がす時間はできる」

「そういうことか。すぐ二番町に取って返します」

土門は革ベルトを大急ぎで腰に戻し、黒須の事務所を出た。クラウンを急発進させ、アブードの自宅マンションに舞い戻る。

土門は万能鍵で玄関ドアを開けた。

３ＬＤＫの室内には誰もいなかった。アブードは妻を伴って、どこかに逃げたのだろう。

「くそっ」

土門は居間の洒落たフロアスタンドを蹴り倒し、全室を物色した。

しかし、アブードの交友関係を割り出せそうな物は何も見つからなかった。なんとも業腹だった。子供じみた八つ当たりでもしないことには腹立たしさは収まりそうもない。

土門は居間の中央に立ち、放尿しはじめた。

足許の高価そうな絨毯(じゅうたん)は、たちまち濡れた。土門は小便の雫(しずく)を切って、分身をトランクスの中に戻した。

第五章　偽装だらけの密謀

1

テレビの電源スイッチを押す。

画面には、料理番組が映し出された。土門はチャンネルを変え、ソファに腰かけた。

半蔵門にあるシティホテルの一室だ。土門は赤坂西急ホテルの部屋を引き払い、ここに移ってきたのだ。

アブードの自宅マンションから、それほど遠くない。ちょくちょく様子をうかがいに行けるし、張り込むにも便利だ。そんなわけで、塒を変えたのである。

画面に城ヶ島が映し出された。

安房崎灯台の近くの磯だった。遠くに映っているのは警察官たちだ。警察が今朝未明、強行上陸してムハマンドたち犯人グループを逮捕したのか。

土門は画面を見つめた。

カメラがズームアップされ、磯近くの台地が映し出された。青いビニールシートで囲われた箇所には、刑事や鑑識係員たちの姿があった。

三十代半ばの男性放送記者の顔が画面に映った。土門は耳に神経を集めた。

「この囲いの中に犯人グループたちの遺体が並べられ、目下、予備検視中です。ムハマンドたち十人は人質を観光ホテルとユースホステルに軟禁したまま、この磯から潜って逃亡を図ったようです」

放送記者が少し間を取り、言い継いだ。

「しかし、海に潜った直後、犯人たちはエアボンベに混入されていた毒ガスを吸い込み、次々に呼吸困難に陥った模様です。多くのマウスピースは外されていました。波間で犯人たちがもがいている隙に警察は人質を無事に保護しました。ですが、十人の方は犯人グループによって射殺されてしまいました」

画像が変わり、観光ホテルが映し出された。

報道関係者が忙しげに走り回り、人質や警官から取材している。女性記者がアップになり、人質の大半がすでに船で対岸の三浦市内に移っていることを告げた。

やはり、思った通りだ。アブードは最初っから、ムハマンドたち実行犯を殺す気でいたのだろう。

土門はラークに火を点けた。

「島内で犯人グループの四人が射殺体で発見されましたが、いずれも不法滞在中のイラン人と判明しました。彼らは『アラブの聖戦士たち』と名乗り、イラク人を装っていましたが、その理由はまだ明らかになっていません」

女性記者がいったん言葉を切り、すぐに言い重ねた。

「死んだ四人が警官や海上保安官と銃撃戦を繰り広げた事実はありません。なんらかの理由で、仲間割れしたようです。なお、さきほど首相の記者会見があり、六百億円の身代金は払っていないとのことです」

画面が変わり、土産物店の並ぶ通りが映った。

総理大臣が非公式に身代金を犯人側に渡したことを伏せたのは、現内閣を瓦解させたくなかったからだろう。使途不明の六百億円は、いずれ増税という形で埋め合わせる気でいるにちがいない。

土門は指先で、長くなった灰をはたき落とした。

いつの間にか、画像が変わっていた。ユースホステルの前で、従業員の中年男性が民放テレビ局のインタビューに応じていた。

「犯人どもは聖戦士なんかじゃありません。ただの犯罪者集団ですよ。奴らは人質の金や貴重品を奪っただけじゃなく、若い女性を次々に暴行したんです。イラク人だと言ってましたが、ごろつきイラン人たちなんでしょう」

また画像が変わり、爆破された城ヶ島大橋の橋脚が映し出された。

「前代未聞の城ヶ島占拠事件はようやく終わったわけですが、十人の人質が尊い命を奪われてしまいました」

スタジオの男性アナウンサーが短く映り、射殺された十人の顔写真と氏名が流されはじめた。

土門は短くなった煙草の火を消し、テレビのスイッチを切った。

そのすぐ後、黒須弁護士から電話がかかってきた。

「土門ちゃん、城ヶ島の人質が保護されたぞ」

「知ってます。いま、テレビのニュースで知ったんですよ」

「そうなのか。海から逃げようとした犯人グループの十人も死んだな。アブードが誰かに命じて、エアボンベに毒ガスを混入させたんだろう」

「それは間違いないでしょう」

「土門ちゃん、昨夜はアブードのマンションに取って返したはずだが……」

「逃げられた後だったんですよ」

土門は室内を物色したことを話した。

「妻と一緒なら、高飛びする気なんじゃないのかね。香港か東南アジアあたりにさ」

「いや、すぐに国外逃亡はしないでしょう。アブードは、おれが刑事であることをもう見抜いてると思うんです」

「だろうね。警察関係者なら、全国の空港や客船のターミナル港もチェックできる。だから、アブードは飛行機にも客船にも乗らないだろうってことだね？」

「そうです」

「となると、アブードは共犯者か黒幕に匿われてるのかもしれないぞ」

　黒須が言った。

「おそらく、そうなんでしょう。長く潜伏する気なら、いったん自宅マンションに戻ってくると思うな」

「着替えや必要な物を取りに戻るだろうって読みだね？」

「ええ。だから、おれは『市谷アネックス・レジデンス』に張りついてみようと思ってるんですよ」

「アブード自身がのこのことマンションに戻ってくるかな。例の大女たちに必要な物を取りに行かせるんじゃないのか？」

「そっちのほうが可能性ありそうですね」

「実は少し前に、イラク大使館に電話をかけたんだ。イラク復興に協力してる非営利組織の事務局長を装って、アブードの居所を探り出そうとしたんだよ。でも、電話に出た大使館員はけんもほろろだったな。きっと奴は評判が悪いにちがいない」

「とにかく、これから二番町に行ってみます」

　土門は電話を切り、ドイツ製のシェーバーで髭を剃りはじめた。午後二時過ぎだった。

　身仕度を終えたとき、沙里奈から電話がかかってきた。彼女もテレビニュースで人質が保護されたことを知ったらしい。土門は、アブードがムハマンドたち十人を誰かに抹殺させた疑いが濃いことを語った。沙里奈は、土門の推測に異論は唱えなかった。

「その後、不審な影は？」

　土門は訊いた。

「魔手が迫ってくる気配はまったくうかがえないわ」

「そうか。敵は、もうおまえさんを拷問にかけることを諦めたのかもしれねえな」

「そうなのかしら？」

「アブードはおまえさんよりも、このおれを始末したいと思ってるんだろう。だから、きのう、黒さんの事務所に押し入って……」

「何があったの？」

　沙里奈が早口で訊いた。土門は詳しい話をした。

「女コマンドたちを軽く見てると、危険よ。土門さん、職場の誰かに助っ人になってもらえないの？」

「知っての通り、おれは組対(そたい)で浮いてる男だからな。同僚の誰かが手を貸してくれるわけない。それ以前に、他人(ひと)の助けなんかいらないさ」

「だけど、敵はそのへんのチンピラじゃないのよ。土門さんはエリート警察官僚の弱みを押さえてるみたいだから、警視庁のSAT(サット)の隊員をひとり回してもらったら？　特殊訓練を受けた隊員が助っ人になれば、何かと心強いでしょ？」

「うっとうしいだけだよ。おれは自分の力でアブードを追いつめ、奴の背後にいる人間を闇の奥から引きずり出してえんだ」

「相変わらず頑固ね。でも、そういう土門さんは悪くないわ。向こう見ずな男って、ちょっと魅力的だもの」

「それじゃ、そのうち彼女になってもらえそうだな」

「うぬぼれないで。土門さんは、単なる友達よ」

「なんでえ、がっかりだな」

「若死にしたくなかったら、とにかく相手を見くびらないことね。それじゃ、また！」

沙里奈が先に通話を切り上げた。

土門は苦笑して、部屋を出た。十五階だった。エレベーターで地下二階の駐車場に降り、クラウンに乗り込む。

ほんのひとっ走りで、アブードの自宅マンションに着いた。

土門は車を『市谷アネックス・レジデンス』の少し先に駐め、マンションのエントランスロビーに入った。意外にも、オートロックシステムにはなっていなかった。

アブードの部屋の前に立つと、ドア越しに男同士の話し声が聞こえた。関西弁だった。会話から察して、堅気ではなさそうだ。

アブードは、つき合いのある関西の極道に必要な物を隠れ家に運ばせる気なのかもしれない。

土門は室内に躍り込みたい衝動を抑え、ドアから離れた。

あたりを見回すと、非常口のそばに死角になる場所があった。土門はそこに身を潜め、アブードの部屋を注視しはじめた。

十分ほど待つと、部屋から二人の男が現われた。どちらも二十八、九歳に見えた。

白いスーツを着た角刈りの男は、大きく膨らんだ革のボストンバッグを提げていた。

もうひとりは黒ずくめで、濃いサングラスをかけている。ビニールの手提げ袋を手にしていた。髪型はオールバックだ。右手首には、金無垢の腕時計を嵌めている。ロレックスだろう。

二人の男はエレベーターホールに向かった。

土門は非常口のロックを解き、鉄骨階段を一気に駆け降りた。

物陰に走り入り、マンションの表玄関に目を注ぐ。待つほどもなく二人組が姿を見せた。男たちはマンションの真横に駐めてあるパーリーホワイトのプリウスに乗り込んだ。

ナンバープレートに、〝わ〟の文字が見える。レンタカーだ。運転席に入ったのは、白いスーツを着た男だった。相棒は助手席に坐っている。

土門は大股でクラウンに歩み寄り、さりげなく車内に入った。プリウスとは向きが逆方向だ。土門は脇道に車を尻から突っ込み、急いで向きを変えた。

プリウスは、すでに走りだしていた。

土門は一定の車間距離を保ちながら、プリウスを尾行しつづけた。プリウスは飯田橋方向に進み、やがて日光街道に入った。

アブードは埼玉県のどこかに潜伏してるのか。

土門はそう思いながら、慎重に追尾した。プリウスは草加バイパスを通過し、ひたすら直進する。宇都宮市に入って間もなく、暗雲が低く垂れ込めはじめた。

雨になるのか。そう思ったとたん、大粒の雨が降ってきた。すぐに土砂降りになった。

土門はライトを点け、ワイパーを作動させた。見通しが悪い。車間距離を少し詰める。

プリウスの尾灯は雨に煙っていた。

アブードの隠れ家は、日光市内のどこかにあるのかもしれない。土門は幾度もプリウスを立ち往生させ、関西の極道を締め上げたい衝動に駆られた。しかし、急いては事を仕損じる。

土門は逸る気持ちを鎮めながら、プリウスを追いつづけた。

今市市の目抜き通りを抜けると、プリウスは右に折れた。家並はじきに途切れ、水田と畑が左右に拡がりはじめた。

プリウスの二人組は尾行に気づいて、自分を人里離れた場所に誘い込む気なのかもしれない。

土門は罠の気配を嗅ぎ取った。しかし、怖気づいたりはしなかった。

プリウスはゴルフ場の横を通り抜け、鬼怒川に架かった橋を渡った。雨は一段と勢いを増し、雨脚が川面を叩いている。

前方の低い山は若葉に覆われ、なんとも瑞々しい。樹木は雨にしぶかれながらも、喜んでいるように映った。

プリウスは林道をしばらく走ると、不意に停まった。雑木林の脇だった。

二人の男がプリウスを降りた。それぞれボストンバッグとビニールの手提げ袋を持っている。男たちは、雑木林の際にある細い道に足を踏み入れた。

土門はクラウンをプリウスの数十メートル後方に停止させ、静かに車から出た。篠つく雨に打たれながら、細い道まで走る。

立ち止まったとき、プリウスが爆発音を轟かせた。窓のシールドが砕け、大きな炎が車体を包んだ。

関西弁の男たちはレンタカーの借り主を割り出されることを怖れて、車内にリモコン爆弾を仕掛けたのだろう。

土門は細い脇道に入った。

三十メートルほど行くと、太い樹木の陰から白いスーツを着た男が現われた。

やはり、罠だったか。土門は足を止めた。

「われ、警視庁の土門やな?」

「ああ。てめえら二人は、大阪か京都の極道だなっ。それとも、神戸の最大組織の身内なのか?」

「やっかましい!」

「アブードの隠れ家は、この近くにあるんだろ? 怪我したくなかったら、おとなしくアブードのいるとこに案内しな」

「死んでもらうで」

角刈りの男が上着の袖の下から拳銃を取り出した。暗くて型まではわからない。

とっさに土門は雑木林の中に走り入った。

銃声がこだまし、頭上で小枝が鳴った。放たれた銃弾は近くの樹幹にめり込んだ。

「逃げても無駄や。観念せえ！」

白いスーツの男は二発連射させた。

土門は身を屈め、樹間を縫った。二発とも当たらなかった。

そのうち弾倉が空になるだろう。慌てることはない。

土門は敵を雑木林の奥に誘い込んだ。

案の定、男は誘いに乗ってきた。濡れた落葉を踏みしだきながら、無防備に追ってくる。

土門はわざと敵に自分の姿を晒し、素早く巨木の後ろに回り込んだ。相手がたてつづけに三発撃った。だが、どの弾も的から大きく逸れていた。

「もっと逃げえや。マン・ハンティングを愉しませてもらうで」

白スーツがそう言いながらも、少しずつ後退しはじめた。どうやら弾切れらしい。予備のマガジンは持っていないのだろう。

「早く撃ちやがれ！」

土門は怒鳴り、細い道のある方向に歩きだした。

すると、男が焦って逃げはじめた。雑木林を斜めに横切り、暗がりに向かった。

土門は雑木林から走り出た。

前方に金髪の女が待ち受けていた。スーザンだ。サブマシンガンを構えている。

「おまえ、もう終わりね」

スーザンが勝ち誇ったように言い、短機関銃を構え直した。

そのとき、土門は背後に人の気配を感じ取った。振り返ると、黒人のベティが立っていた。やはり、サブマシンガンを手にしている。

挟み撃ちにされたら、ひとたまりもない。

土門は雑木林の中に逃げ込んだ。短機関銃の連射音が交錯する。樹皮が派手に飛び散り、枝が吹き飛ばされた。

土門は小動物のように林の中を逃げ回った。足許から土塊が跳ね上がり、衝撃波が耳のそばを通り抜けた。幸運なことに、土門は一度も被弾しなかった。

二挺の短機関銃の発射音が相前後して途絶えた。

ほとんど同時に、上空からパイナップル状の塊が降ってきた。手榴弾だった。

雑木林の前後から、都合十数個の手榴弾が投げ込まれた。炸裂音が轟くたびに、影絵のように林が明るんだ。

土門は最後に投げられた手榴弾の爆風に噴き飛ばされ、後頭部を太い樹幹に強く打ちつけた。目から火花が出た。

十数秒、意識が飛んだ。ふと我に返ると、雑木林のあちこちが燃えくすぶっている。

土門は頭を振って、急いで立ち上がった。

雑木林を抜け出し、付近を駆け回ってみる。大女たちや二人の極道の姿は見当たらなかった。この近くにアブードは潜伏してるにちがいない。車で探し回ろう。

土門はクラウンに走り寄った。

2

他人(ひと)の視線を感じた。

クラウンに乗り込みかけたときだった。宿泊先の地下駐車場である。スーザンとベティに襲われた翌日の午後三時過ぎだ。

土門は小さく振り向いた。すると、三十二、三歳の男が慌(あわ)ててコンクリートの支柱の向こう側に隠れた。

チャコールグレイの背広姿だ。きちんと地味なネクタイを結んでいる。ワイシャツは白だった。関西の極道ではなさそうだ。

だが、妙に気になった。土門は部屋に忘れ物を取りに戻る振りをして、車から離れた。

数秒後、支柱の陰に身を潜めた不審な男は大急ぎで白いアリオンに乗り込んだ。

アリオンはすぐに走りだし、一気に地下駐車場のスロープを登り切った。ナンバープレートの数字は二つしか読み取れなかった。

キャリアたちの誰かが警務部人事一課の監察官を自分に張りつかせて、何か弱みを押さえろと命じたのだろうか。

土門は踵を返し、クラウンの運転席に入った。

前夜のことは思い出すだに腹立たしい。ずぶ濡れで雑木林を出ると、すぐさま車で周辺を巡ってみた。しかし、女コマンドたちも関西弁の二人組も見つからなかった。民家を見つけるたびに、土門はいちいち車から降りてみた。

だが、アブードが潜伏していそうな家は一軒もなかった。土門はくしゃみをしながら、やむなく帰途についた。

クラウンを走らせはじめた。

シティホテルを出ると、例のアリオンがビルの陰から現われた。土門の車を尾ける気でいるのだろう。それにしては、あまり車間距離を取っていない。

もしかしたら、尾行者は新たな刺客なのかもしれない。きのう、スーザンたち二人は雑木林の近くに隠れていて、自分を殺し損なったことを知ったのだろう。その報告を受けたアブードが一見、殺し屋には見えない刺客を放ったのか。

土門は本部庁舎に顔を出して二人の極道の所属団体を調べてみるつもりでいたが、

それは後回しにすることにした。

内堀通りをゆっくりと走り、靖国通りを右に折れる。土門は少し先でクラウンを路肩に寄せ、車内でゆったりと紫煙をくゆらせた。

白いアリオンは、ルームミラーに映る場所に停まっている。

土門は一服し終えると、車から出た。

田安門を潜って、北の丸公園に入る。日本武道館の横まで一気に駆け、植え込みの中に走り入った。

一分ほど待つと、アリオンの男が小走りに走ってきた。駆けながら、しきりに周りを見回している。

「ここだよ」

土門は灌木を跨いだ。男がぎょっとして、立ち竦んだ。

「おれを殺るつもりなんだろうが！」

「何か勘違いされてるようですね。わたしは、この公園を散歩してるだけですよ」

「嘘つけ！　てめえはホテルから、ずっとおれを尾けてきた。それに、さっきは駆け足だった。何が散歩してるだけだっ」

「言いがかりをつけないでください」

「アブードから、いくら貰えることになってんだ？　殺しの報酬のことだよ」

「殺しの報酬ですって⁉　アブードって、誰なんです？」

「ばっくれるんじゃねえ！」

「そう言われても、何が何だか……」

「てめえ、殺し屋なんだろうが！」

「冗談じゃありませんよ。わたしは堅気です」

「もしかしたら、本庁警務部人事一課の監察官か？」

「いいえ、違います」

「焦れってえ。てめえの正体を突きとめてやる」

土門は言うなり、ショルダーホルスターからシグ・ザウエルＰ230ＪＰを引き抜いた。撃鉄を搔き起こすと、相手が身構えた。

「撃ち合う気になったらしいな。早くピストルを出せや」

「そんな物、持ってませんよ」

「おれを油断させといて、隙を衝こうってのか。やっぱり、てめえは殺し屋なんだな」

「誤解ですって」

男が身を翻し、田安門の方向に走りだした。

土門は拳銃を握りながら、背広の男を追った。

相手の腰か脚を狙い撃ちすることは可能だった。しかし、後始末が煩わしい。土門はシグ・ザウエルＰ230ＪＰをホルスターに戻した。

男は田安門を走り出ると、全速力で坂道を駆け降りた。そのままアリオンに飛び乗り、慌ただしく発進させた。

クラウンで尾行するのは賢明ではない。

土門は車道の端に立ち、タクシーの空車を拾った。後部座席に入ると、すぐに体を傾けた。

「お客さん、どこか体の具合が悪いんですか？」

初老の運転手が声をかけてきた。鶴のように瘦せた男だった。

「そうじゃないんだ。前の白いアリオンを尾けてくれ」

「調査会社の方なんですね？」

「いいから、車を出しやがれ！」

土門は運転席の背凭れを膝頭で蹴った。タクシードライバーが怯え、慌ただしく車を走らせはじめた。

土門は時々、上体を起こして前方に目をやった。アリオンは靖国通りから、いったん脇道に入った。だが、ほどなく靖国通りに戻った。

こちらの尾行を警戒したのだろう。

アリオンはＪＲ市ヶ谷駅の横を抜け、さらに直進した。そして、なんと陸上自衛隊市ヶ谷駐屯地（ちゅうとんち）の中に吸い込まれていった。

どういうことなのか。

土門は頭が混乱しそうになった。逃げた男は自衛官と考えてもいいだろう。

どう考えても、イラク人貿易商のアブードと自衛官とは結びつかない。どこに接点があるのか。

自衛官の中には結構、銃器マニアがいる。アブードはパキスタンあたりで短機関銃や拳銃を調達して、マニアたちに売りつけているのだろうか。そうだとしたら、アリオンを運転していた男は銃器密売の片棒を担（かつ）いでいるにちがいない。

女コマンドたちや関西弁の二人組は、もう面が割れている。そこでアブードは、さきほどの男に土門の動きを探（さぐ）らせる気になったのだろうか。

「お客さん、どうされます？」

「田安門の前に引き返してくれ」

「わかりました」

運転手が車をUターンさせた。土門は上体を起こし、煙草をくわえた。

やがて、元の場所に戻った。土門は一万円札をタクシードライバーに渡し、車を降りた。釣り銭は受け取らなかった。

土門はクラウンに乗り込み、市ヶ谷駐屯地に向かった。駐屯地の手前で車を停め、門衛詰め所まで歩く。

「ちょっと捜査に協力してほしいんだ」

土門は警察手帳を見せ、中年の門衛に言った。

「何があったんです？」

「三十分ほど前に、白いアリオンが駐屯地に入っていったね？」

「は、はい。それが何か？」

「アリオンを運転してた三十二、三の男は自衛官なんだろ？」

「ええ」

「あいつの名前を教えてくれないか」

「彼が何か犯罪に関与してるんですか？」

「さっきコカインの密売人と会ってたんだ」

「ま、まさか⁉　彼は真面目な男ですよ。麻薬の密売に関わってるなんてことは、絶対にないと思います。何かの間違いでしょ！」

門衛が抗議するような口調で言った。

「身内を庇(かば)いたい気持ちはわかるが、容疑は濃厚なんだ。奴の名前は？」

「正式な令状をお持ちでなければ、個人情報を漏らすわけにはいきません」

「そうかい。なら、仕方ねえな」

土門はホルスターからシグ・ザウエルP230JPを引き抜き、安全装置を外した。門衛が目を剝き、反り身になった。

「な、なんの真似なんです⁉」

「捜査に協力してくれなきゃ、こいつをわざと暴発させるぜ。この距離なら、そっちは命を落とすことになるだろう」

土門は蕩けるような笑みを浮かべ、人差し指を引き金に深く巻きつけた。門衛が頰を引き攣らせ、唇をわななかせはじめた。

「そっちは妻帯者なんだろ？」

「そ、そうだが……」

「いま、死んだら、奥さんや子供が路頭に迷うよな」

「撃つな、撃たないでくれーっ」

「そっちの出方次第だな。ただ、おれは江戸っ子だから、気が短えんだ。あんまり待たされると、キレちまうぜ」

「アリオンを運転してた彼は、一等陸尉の若槻義紀だよ。三十二歳だったと思う」

「奴は結婚してるのか？」

「まだ独身だよ」

「若槻の住まいは？」

「赤羽のあたりに住んでるようだが、正確な住所はここではわからないな」

「奴は中東系の外国人とつき合いがあるんじゃねえのか？」

「わからない。いいえ、わかりません。外国人が彼に面会を求めたことは一度もなかったと思います」

「そうか。若槻は、あのアリオンで通ってるんだな？」

「毎日ではありませんけど、週に三日ぐらいは車を使ってますね」

「若槻の帰る時刻は？」

「その日によって、まちまちですね。六時過ぎに帰るときもあれば、深夜まで仕事をすることもあります」

「そう。おれのことは若槻には黙っててくれ。まだ内偵の段階なんでな」

「わかりました」

「ありがとよ」

土門は拳銃をホルスターに突っ込み、門衛詰め所に背を向けた。

クラウンに乗り込み、エンジンをかける。陽が落ちたら、駐屯地の近くで張り込むつもりだ。

土門はクラウンを走らせはじめた。

靖国通りを引き返すと、本塩町のあたりに検問所が設けられていた。赤いバイロンが車道に並び、制服警官が大勢立っている。交通違反の取締まりではない。

近所で大きな事件（ヤマ）が発生したようだ。

土門は低速で検問所に近づいた。

二十代後半の制服警官が走り寄ってきて、ぴょこんと頭を下げた。土門はパワーウインドーを下（お）ろした。

「お急ぎのところを申し訳ありません。運転免許証を拝見させてください」

「本庁の者だ」

「そうでしたか。一応、警察手帳（チョウメン）を見せていただけますか？」

相手が言った。

土門は素直に従った。若い警官は、ざっと警察手帳に目を通しただけだった。

「何があったんだ？」

「信濃町（しなのまち）の京陽医大病院が『将軍の使者たち』と名乗るテロリストグループに占拠されたんですよ、一時間ほど前に」

「聞いたこともない組織名だな。過激派の新セクトでもなさそうだ」

「まだ未確認らしいんですが、北朝鮮の特殊工作員たちみたいですね。犯人グループは入院患者、見舞い客、医師、看護師、衛生検査技師、レントゲン技師など約四百人を人質に取って、北朝鮮に一千億円の途上国援助金を与えろと政府に要求してるというんですよ」

「国際的に孤立して生活水準が下がる一方なんで、例の独裁者は荒っぽい手段を使う気になったんだろうか」

「そうなのかもしれませんね。フセイン体制が崩れたんで、北の将軍も自暴自棄（じぼうじき）になったのでしょうか。日本が要求を突っ撥（ぱ）ねたら、弾道ミサイルを飛ばすと脅（おど）しをかけてくるのかもしれないな」

「そんなことになったら、この日本は焦土（しょうど）と化すだろう。ノドンは射程千三百キロらしいから、日本のほぼ全土が射程内に入る」

「ええ、そうですね。すでに五十基以上が実戦配備されてるというから、まさに脅威です。日本政府は北朝鮮の弾道ミサイル攻撃を想定して、早くアメリカの最新鋭の地対空誘導弾パトリオットＰＡＣ３で迎撃する構えですが……」

「北の将軍が狂気の世界に足を踏み入れて、ミサイル発射命令を下（くだ）したら、日本は危（ヤバ）いことになるな。しかし、そこまではやらないだろう。そうなったら、〝世界の警察〟気取りのアメリカが北朝鮮に核ミサイルを撃ち込むだろうからさ」

「日米安全保障条約を交わしてるからといって、アメリカはそこまでやってくれるでしょうか。子分の日本がやられちゃったけど、仕方ないかなんてドライな態度をとりそうだな」

「アメリカは日本を見捨てかねないか」

「もしかしたらね。京陽医大病院を乗っ取った連中が北朝鮮の工作員たちだとしたら、ビビりますよ。要求を素っ気なく撥ねつけたら、北の独裁者は自滅覚悟で暴挙に出るかもしれませんから」

「しかし、日本政府は日本人拉致問題では大幅に譲歩させられたんだ。国の面子にかけても、テロリストたちの言いなりにはならないだろう」

「そうでしょうね。双方が引かなかった場合は、日本は焦土と化してしまうんでしょうか」

若い警官が溜息をついた。

「犯人グループは何人なんだ?」

「二十人前後で、全員が武装してるそうです。病院の出入口はすべて封鎖され、出動した機動隊も『SAT』のメンバーも動きようがないみたいですよ。それに病院の外にテロリストたちの仲間がいるようで、警察の動きを占拠グループに伝えてるらしいんです」

「そうか。犯人グループは、日本政府にどんな方法でODAの一千億円を要求したんだい?」

「医大病院から首相官邸にファクス送信したそうです」

「通信文は英語か、ハングルで書かれてたの？」

「いいえ、日本語だという話でした。犯人グループは、人質にも滑らかな日本語を使ってるそうです。日本語を完璧に操れる特殊工作員を集めたんでしょうね」

「多分、そうなんだろうな。犯人どもは素顔を晒してるのか？」

「いいえ。全員が黒いフェイスキャップを被ってるようです。バラクラバと呼ばれてる目出し帽をね」

「そう。ちょっと先を急いでるんだ。検問所を抜けるまで先導してくれないか」

土門は頼んだ。若い制服警官がすぐに走りだした。誘導に従って車を進め、検問所の横を通り抜ける。

国際情勢が緊迫している時期に、わざわざ北の将軍が日本を挑発するだろうか。それから、城ヶ島の占拠と手口が似ていることが引っかかる。名乗った組織名も似てなくもない。アブードが現職自衛官たちを抱き込んで、北朝鮮の特殊工作員を装わせた可能性もありそうだ。

土門はクラウンを京陽医大病院に向けた。

途中、何カ所か検問所があった。土門は警察手帳を呈示しながら、医大病院に近づいた。

病院の周辺は装甲車、覆面パトカー、マスコミ関係の車で埋め尽くされていた。

土門は車を裏通りに駐め、医大病院まで歩いた。本院はもちろん、入院病棟の近くには夥しい数の機動隊員が身を潜めている。『SAT』の隊員たちの姿もあった。

病院の玄関ロビーには、スチールデスク、キャビネット、ソファなどが堆く積み上げられている。窓はことごとくカーテンで塞がれ、犯人たちの姿は確認できなかった。

上空には、ヘリコプターも双発機も旋回していない。人質の多くが病人とあって、警察もマスコミも自重しているのだろうか。

土門は病院の周辺を歩き回った。犯人グループに警察の動きを伝えている者がどこかにいそうだが、それらしい不審者を見つけ出すことはできなかった。

諦めかけたとき、土門は野次馬の中に金髪のスーザンの姿を発見した。ひとりだった。黒人のベティは別の場所にいるのか。

ブロンドの大女が犯人グループに特殊無線を使って、捜査陣の動きを伝えているのだろう。土門は人波を掻き分けながら、スーザンのいる場所に突き進んだ。

人垣に分け入ろうとしたとき、スーザンが土門に気がついた。すぐに彼女は逃げだした。

土門は野次馬たちを肩で弾き飛ばしながら、懸命にスーザンを追った。

しかし、途中で見失ってしまった。土門は医大病院の真向かいにあるオフィスビルに走り、非常階段を駆け上がった。六階の踊り場に立ち、眼下を見る。目を凝(こ)らしてみたが、スーザンの姿は見つけ出せなかった。ベティも見当たらない。近くにいる気がする。土門は、外科病棟を何気なく見た。四階の窓が大きく開け放たれ、白っぽいカーテンが風に揺れている。

カーテンが横に払われ、黒いフェイスキャップを被った男が顔を突き出した。真下には、機動隊員たちが潜んでいる。

男は窓から椅子やサイドテーブルを投げ落としはじめた。

その後、全裸の若い女が窓から逆(さか)さまに吊るされた。その両足首は太いザイルで括(くく)られている。

頭から吊り下げられた女が悲鳴をあげた。二人の男が笑いながら、ザイルを手繰(たぐ)りはじめる。裸の女を取り込んだとき、片方の男のフェイスキャップがすっぽりと脱げた。

土門は、思わず驚きの声を洩らした。

なんと男は白いスーツを着ていた関西の極道だった。一緒にザイルを引っ張ったのは、相棒なのかもしれない。

ガラス窓が閉められ、カーテンで閉ざされた。

極道たちが混じっているのだから、犯人グループは北朝鮮の特殊工作員ではない。

おおかた自衛官と極道の混成チームなのだろう。城ヶ島の事件と同じような偽装工作が使われている。絵図を画いたのは、アブードにちがいない。

土門は確信を深めた。

そのとき、本院からラウドスピーカーの声が流れてきた。土門は耳をそばだてた。

「警察は、ただちに包囲網を解け！　命令に従わなければ、窓から医者や入院患者をひとりずつ投げ落とす。セクシーな看護師たちは、おれたちの慰み者にする。寝たきりの病人はベッドに括りつけたまま、屋上から放り投げる。ただの威しと高を括っていたら、警察は世間から非難を浴びることになるぞ。急げ！　十分以内に包囲網を解除しろ。以上だ」

男の野太い声が沈黙した。

機動隊員たちが右往左往しはじめた。『ＳＡＴ』の隊員たちが指揮官の許に集まった。

包囲網は解かざるを得ないだろう。

土門は左手の掌に右の拳を叩きつけた。

3

一夜明けても、膠着したままだった。

土門は半蔵門のホテルの部屋でテレビを観ていた。画面には、上空から撮られた画像が映っている。

京陽医大病院の窓はカーテンで閉ざされていた。機動隊員と『ＳＡＴ』のメンバーは建物から百メートルほど後退しているが、まだ包囲網は解いていない。

なぜ警察は、テレビ局のヘリコプターの飛行をやめさせないのか。院内に立て籠っている犯人たちに捜査当局の動きを教えているようなものではないか。

土門は憤りながら、煙草をくわえた。

前夜、彼は信濃町から市ヶ谷駐屯地に回った。だが、すでに白いアリオンは消えていた。土門はやむなく本部庁舎に車を走らせ、犯歴者リストを調べた。

例の二人組は大阪一誠会田辺組の組員と判明した。白いスーツを着ていた角刈りの男は高倉睦夫という名で、三十三歳だった。もうひとりは押尾繁で、三十四歳だ。どちらも、かつては陸上自衛官だった。

『将軍の使者たち』と自称している二十人前後の犯人グループは、やはり現職と元自衛官で構成されているようだ。北朝鮮の特殊工作員の犯行を装ったのは、彼らが独裁者に支配されている国を貶めたいからだろう。

それも単なる悪意や敵意から罪をなすりつけようとしたのではなく、何らかの意図があったのではなかろうか。

土門はラークを深く喫いつけ、考えつづけた。

日本人拉致被害に関しては、大多数の国民が北朝鮮の蛮行に強い義憤を覚えている。北朝鮮は日本政府との交渉にも、あまり誠意を示していない。アンフェアであることは間違いない。

だからといって、大学病院の占拠事件を北朝鮮の特殊工作員たちの犯行に見せかけるのは子供じみた仕返しだろう。犯人グループの狙いは、北の将軍の狂気ぶりを日本国民に印象づけることではないのか。

もっと言えば、いつ日本に撃ち込まれるかもしれないという核ミサイルへの脅威を煽ることなのではないか。犯人グループの中に、元自衛官が二人も混じっていることは単なる偶然ではないだろう。

アブードはタカ派の自衛官たちを巧みに煽動して、今回の事件を引き起こさせたのだろうか。

そうではなさそうだ。金儲けの好きなイラク人貿易商が政治絡みの陰謀を画策するとは思えない。大学病院占拠のシナリオを練ったのは、アブードの背後にいる人物だろう。

土門は煙草の火を揉み消し、なおも推測しつづけた。

一等陸尉の若槻がこちらの動きをしきりに気にしていたということは、首謀者はタカ派の陸将補あたりなのか。もっと上の陸将か幕僚長が黒幕なのだろうか。土門はソファに背を預け、脚(あし)を組んだ。

今回の事件の背後には、自衛官に影響力を持つ人物が関与している疑いが濃厚だ。元一等陸佐の軍事評論家は何年も前から北朝鮮のミサイル攻撃に備えて、アメリカから海上配備型ミッドコース防衛システム(SMD)を購入すべきだと主張していた。

しかし、政府は米国製の地対空誘導弾パトリオットPAC3を導入しただけだ。タカ派の政治家や自衛隊関係者は、政府の防衛対策が後手(ごて)に回ることを恐れているはずだ。

北朝鮮の核ミサイル攻撃を極端に恐れている者なら、自前で秘密核ミサイル基地を造る気になっても不思議ではない。もちろん、途方もない巨額が必要だろう。とても個人や一企業が都合できる額ではない。

だが、目的のために手を汚す気さえあれば、秘密核ミサイル基地建設費用も工面(くめん)できるのではないか。ありとあらゆるダーティー・ビジネスを手がければ、数兆円程度は捻出(ねんしゅつ)できるだろう。

現にロシアのマフィアたちは麻薬とウランの密売だけで、イタリアの国家予算の倍近い金を稼いでいる。もちろん、税金のかからないブラックマネーだ。

アブードは城ヶ島占拠事件で、日本政府から六百億円をまんまとせしめている。京陽医大を占拠した犯人グループは、一千億円の巨額を北朝鮮へのODAという形で求めている。二つの事件の首謀者が同じだとしたら、犯行動機は秘密核ミサイル基地の建設費用の捻出と思えてくる。

画面に男性レポーターが映し出された。

「依然として睨（にら）み合いがつづいています。犯人側は要求を呑（の）まなければ、今夜から人質を三人ずつ窓から投げ落とすとマスコミ各社に予告のファクスを送ってきました。間もなく首相の会見が行われます」

画面が変わり、首相官邸内が映し出された。

総理大臣は記者団に囲まれ、いささか緊張した様子だ。記者の代表質問がはじまった。

「犯人グループは『将軍の使者たち』と名乗り、北朝鮮の特殊工作員であると匂わせています。その点について、まずお聞かせください」

「公安当局の調べによると、事件に北朝鮮が関与している可能性はないらしい。わたしも、そう思っています」

「総理は、国際政治絡（がら）みの犯罪ではないとお考えなんですね」

「ええ」

「犯人側の要求には応じるつもりなのでしょうか？」

「いや、それはしません」

「最悪の場合、人質の命が奪われるという事態にもなりかねないわけですが？」

「そうですね。人命は重いものだが、日本は法治国家なんです。ならず者たちに屈するわけにはいかないでしょう？」

「つまり、納得できないお金は出さないってことですね？」

「そうです」

首相は辛そうに答えた。

「この記者会見を犯人たちもテレビで観ていると思われますが、いたずらに刺激することにはなりませんか」

「そうなるかもしれません。しかし、わたしは悩み抜いた末に、この記者会見に臨んだんです。人質の方々の安否は気になるが、理不尽な犯罪を認めるわけにはいかないんですよ」

「きつい言い方になりますが、総理は人質を見捨てるのですか？」

「そう受け取る向きもあるでしょうが、ここは毅然たる態度を示さないといけません」

「人質の中に総理のお身内や親しい友人がいたとしても、同じ結論をお出しになられましたか？」

「もちろん、私情で政治家としての姿勢を変えたりはしませんよ。それが、この国の舵取りを任された者の責務ですから」

「そうですね」

「人道上の理由から、一千億円を犯人グループにくれてやることはたやすい。そうすれば、政治家としての人気は保てるでしょう。しかし、そんなことをしたら、日本は無政府と同じになってしまう」

「多少の犠牲はあっても、機動隊員たちを強行突入させて、人質の救出に向かわせる気なんですね？」

「そうなるでしょう。これで終わりにしよう」

「もう一つだけ質問に答えていただけませんか」

代表質問者が喰い下がった。だが、首相は黙って首を横に振った。

秘書とＳＰが総理大臣の楯になった。首相は、そそくさと官邸内に消えた。

画面が変わり、京陽医大病院の全容が映し出された。

それから間もなく、大きな爆発音が上がった。本院と各病棟の窓ガラスが吹き飛び、爆炎が立ち昇りはじめた。すぐに爆破音が重なり、建物は炎に包まれた。

「たったいま、病院が爆破されて炎上中です。犯人グループによる自爆テロなのでしょうか。あるいは、グループの背後にいる者が予め院内に仕掛けてあった軍事炸薬をリモコンで爆破させたのでしょうか。どちらにしても、大惨事です。およそ四百人の人質が無事に逃げ延びることを祈らざるを得ません。ああ、なんてことなんでしょう」

　マイクを握った男性記者が上擦った声で、現場からのレポートをしている。機動隊員や『ＳＡＴ』の隊員は予期せぬ展開に狼狽している様子だった。

　おそらく実行犯グループが病院を占拠する前に、院内には強力なリモコン爆弾が仕掛けられていたのだろう。一千億円が手に入らないときは、人質もろとも実行犯を爆死させる筋書きだったにちがいない。黒幕は相当な冷血漢なのだろう。

　土門は左手首の腕時計を見た。午後四時過ぎだった。

　テレビのスイッチを切ったとき、黒須からスマートフォンに電話がかかってきた。

「土門ちゃん、テレビを観てたか？　京陽医大病院が爆発炎上してるぞ」

「ああ、観てましたよ」

「首相の記者会見で犯人どもは目的を達成できないと判断して、人質を道連れに自滅する気になったんだろうな」

「いや、実行犯グループは口を封じられたんでしょう」

　土門は自分の推測を語った。

「そういえば、ムハマンドたち十人の生き残りもエアボンベに毒ガスを混入されて殺されたんだったな。今回の実行犯たちも消されたんだったら、絵図を画いたのは同一人物なんだろう」

「そう考えるべきでしょう」

「アブードの黒幕の狙いは何なのかね。要求額がやたらでかいよな？」

黒須が言った。土門は首謀者が秘密核ミサイル基地の建設を企てているのではないかと前置きして、その根拠を語った。

「大阪の極道たちが二十一、二歳のころに陸自にいたということや若槻って一等陸尉が土門ちゃんの動きを探ってたという話を聞くと、そういう陰謀もリアリティーを帯びてくるな」

「若槻をマークすれば、アブードの隠れ家がわかるでしょう。そして、アブードやアマゾネス軍団を操ってる首謀者の正体もね」

「土門ちゃん、黒幕は小物じゃないな。城ヶ島をジャックさせたり、大学病院を占拠させたんだ。しかも、楽々と六百億円を手に入れてる。それから、実行犯たちを非情に葬ってるようだ」

「黒幕はフィクサー級の大物なのかもしれませんね」

「今度の敵は手強そうだな。土門ちゃんが尻尾を巻いても、別に軽蔑はしないよ」

「おれは、〝不敵刑事〟と呼ばれてる男です」

「いまさら臆することはないってか。土門ちゃん、相手の金玉を嚙み千切ってやれよ。

もちろん、こっちも肚を据えて協力する」

「最初っから、そのつもりでしたよ」

「それじゃ、こっちは待機してよう」

黒須が電話を切った。土門はスマートフォンを上着の内ポケットに突っ込み、ソファから腰を上げた。部屋を出て、エレベーターで地下駐車場に降りる。

同じ車で尾行するわけにはいかない。

土門はスロープの近くに駐めてあるエスティマに近づいた。車体の色はシャンパンゴールドだった。

さりげなく周りを見た。人の姿は見当たらない。

土門は万能鍵を使って、エスティマのドア・ロックを解除した。素早く運転席に乗り込み、鍵穴に万能鍵を挿し込む。車のキーに早変わりだ。

土門はエスティマを走らせはじめた。

走行距離は六千キロにも満たない。燃料計の針は、Fの文字にかすかに触れていた。

二十分そこそこで、市ヶ谷の駐屯地に着いた。土門は車を門衛詰め所から少し離れた場所に駐めた。一息入れてからエスティマを降り、門衛詰め所の前を素通りする。

きのうの門衛は詰め所にいなかった。駐屯地の職員駐車場の端に、見覚えのある白いアリオンが見えた。若槻の車だろう。

土門は自動販売機でラークを二箱買い求め、来た道を逆戻りした。エスティマに乗り込むと、沙里奈から電話がかかってきた。

土門は、これまでの経過と自分の推測を問わず語りに喋(しゃべ)った。

「北朝鮮の核ミサイル攻撃に誰かが神経過敏になって、強迫観念に取り憑(つ)かれ、こっそり核武装する気になっても別段、おかしくはないわよね。わたしだって、例の独裁者が自棄(やけ)を起こしたら、核ミサイルで日本が焦土にされる恐れがあると考えてるもの」

「確かに、そういう危険性はあるよな。だから、タカ派の誰かが秘密核ミサイル基地を造る気になったんじゃないかと推測したんだ」

「その推測は間違ってないような気がするわ。だけど、黒幕はかなりの怪物なんじゃないかな。癪(しゃく)だろうけど、今回はもう手を引いたほうがいいわ」

「さっき黒(くろ)さんに電話で同じようなことを言われたよ。でもな、おれは手なんか引かない。もちろん、青臭い正義感に駆られたわけじゃないんだ。怪物をぶちのめすことが面白いからさ」

「大胆不敵ね。そんな子供じみた動機で命を粗末にすることはないと思うけどな」

沙里奈が言った。

「男は幾つになっても、ガキなんだよ」

「確かに女と違って、男性は大人になっても少年っぽさを留(とど)めてるわよね」

「それが男のよさでもある。おまえさんがそう言ってくれると、嬉しいんだがな」

「土門さんにそんなことは言いません」

「どうして?」

「友情と愛情をごっちゃにされちゃいそうだから」

「御しにくい女だな、おまえさんは。でも、いい女だよ」

土門は先に通話を切り上げ、煙草をくわえた。

それから、長い時間がいたずらに流れた。退屈だったが、土門は辛抱強く張り込みつづけた。

白いアリオンが駐屯地の敷地から出てきたのは、午後九時過ぎだった。土門は運転席を見た。ステアリングを握っているのは若槻だった。

土門は数台の車を間に挟みながら、アリオンを尾行しはじめた。

若槻の車は首都高速をたどり、やがて中央自動車道に入った。アブードの隠れ家は郊外にあるのか。あるいは、首謀者の自宅に向かっているのだろうか。

土門はエスティマを走らせながら、たびたびミラーに目をやった。

怪しい車は、いまのところ見当たらない。しかし、いつスーザンやベティが接近してくるかもしれない。気は抜けなかった。

若槻の車は右の追い越しレーンを高速で走りつづけ、大月JCTから都留方面に向かった。道なりに進めば、河口湖ＩＣ（インターチェンジ）にぶつかる。

土門は白いアリオンを追いつづけた。

若槻の車は河口湖ＩＣを出ると、国道一三九号線を西へ向かった。鳴沢（なるさわ）村から青木ヶ原樹海の際（きわ）を抜け、ひたすら直進する。

いつの間にか、車の量はぐっと少なくなっていた。めったに対向車も通りかからない。土門は減速し、車間距離を大きくとった。

アリオンは精進湖（しょうじこ）の湖尻（こじり）を掠（かす）め、さらに進んだ。本栖湖（もとすこ）の湖岸道路を右に走り、ロッジの連（つら）なる地区に入った。

土門は少しずつ加速し、車間距離を縮めた。

アリオンはロッジ村の外れで右折し、林道を走った。土門もエスティマを林道に乗り入れた。未舗装だった。タイヤが小石を撥（は）ね、車体に当たる。

アリオンは数百メートル先で、急に左折した。別荘の敷地に入ったのだろう。

土門はかなり手前でエスティマを停め、手早くヘッドライトを消した。エンジンも切った。

五分ほど遣（や）り過ごしてから、静かに車を降りる。

砂利（じゃり）の少ない道の端を歩き、若槻が入っていった家屋に向かった。

山荘風の平屋には、電灯が点いていた。車寄せには、アリオンとメルセデス・ベンツが並んでいた。

　土門は建物の横にある自然林の中に足を踏み入れた。

　家屋に近づくと、明るい笑い声が響いてきた。笑い声は三つだった。男が二人に、女がひとりだ。

　笑い声は内庭に面した居間から洩れてきた。ガラス戸は白いレースのカーテンで塞がれていたが、室内は丸見えだった。

　正面の長椅子には、中東系の男女が腰かけている。男はアブードだった。かたわらの女性は彼の妻だろう。若槻は手前のソファに腰かけていた。後ろ向きだ。

　三人はワイングラスを傾けている。

　土門は敷地内に足を踏み入れ、灰色のベンツの後ろに屈み込んだ。

　そのすぐ後、アブード夫人と思われる女がワイングラスを手から落とした。喉のあたりを手で掻き毟りながら、長椅子から転げ落ちた。

「おまえ、ワインに毒入れたなっ」

　アブードが若槻を指さしながら、凄まじい形相で立ち上がった。

「恨むなら、先生を恨むんですね」

　若槻がワイングラスを手にしたまま、ソファから立ち上がった。赤ワインはなみなみと注がれたままだった。

「あの男は柿崎を利用しただけじゃなく、このわたしも……」

「そうだ。アブードさん、ちょっと鈍かったね」

「し、死んでたまるかっ」

アブードが喉仏のあたりを手で押さえ、コーヒーテーブルの上に倒れ込んだ。

体を痙攣させていたが、間もなく動かなくなった。かたわらの中年女性も身じろぎ一つしない。

若槻が歪んだ笑みを浮かべ、上着のポケットから格子柄の青っぽいハンカチを抓み出した。ワインを床に垂らし、グラスをハンカチで包み込んだ。

若槻を締め上げるか。

土門は立ち上がり、ポーチに向かった。

4

何気なくアプローチの横を見た。

植え込みの脇に、二台の自転車が置かれている。タイヤカバーには『湯川』の文字が記してあった。

その姓には憶えがある。元防衛大臣は湯川敦夫という名だった。

六年前に舌禍(ぜっか)事件で閣僚から外された湯川は典型的なタカ派で、防衛大臣時代に日本も核武装すべきだと主張していた。さらに憲法を見直し、自衛隊を正式な軍隊にすべきだとも公言した。徴兵制を敷き、国民が自力で国土を守るべきだとも語った。ロシアや北朝鮮を敵国とも言い放った。

そうした偏(かたよ)った発言の数々が物議をかもし、湯川は防衛大臣のポストを失ったのだ。六十七歳だが、髪は黒々としていた。

アブードをうまく利用したのは、湯川敦夫にちがいない。

土門はポーチに上がり、ショルダーホルスターからシグ・ザウエルP230JPを引き抜いた。玄関のドアはロックされていなかった。土門は静かにドアを開け、土足で玄関ホールに上がった。

拳銃のスライドを引き、忍び足で居間に接近する。居間のドアを勢いよく開けると、若槻が驚きの声をあげた。若槻はアブードの死体を柄毛布(がらもうふ)でくるみかけているところだった。

「ワインに入れたのは青酸化合物だなっ」

土門は居間に入り、若槻に銃口を向けた。

「な、何を言ってるんだ⁉」

「おれは、てめえがアブード夫妻を毒殺したとこを見てたんだよ。若槻一等陸尉、もぜ」

「表札は外しておいたんだが……」

「それだけじゃない。ここが元防衛大臣の湯川敦夫の別荘だってこともわかってる」

「わたしの名前まで知ってたのか⁉」

う観念しな」

「庭に自転車が二台置いてあるよな。泥除けカバーには、ちゃんと湯川と書かれてた

「そ、そうか」

若槻がうなだれた。

「湯川に命じられて、ワインに毒物を盛ったんだなっ」

「誰かに命じられたわけじゃない。アブード夫妻がイラクの将来に絶望して死にたがってたんで、わたしは手助けしてやっただけだよ」

「ふざけんな。アブードは先生に裏切られたことを呪いながら、無念そうに息絶えたじゃねえか。おれは、この目でそこまで見てたんだ！」

土門は若槻に大股で歩み寄るなり、顎を蹴り上げた。

若槻がのけ反って、床に仰向けに引っくり返った。

土門は膝頭で若槻の腹部を押さえつけ、銃把の底で顔面を二度叩いた。眉間と口許だった。

骨が鈍く鳴り、前歯の折れる音が響いた。

土門は立ち上がった。若槻が体を丸めながら、血塗(まみ)れの前歯を吐き出した。三本だった。

「湯川は柿崎修司を使って、報復代行ビジネスや健康食品のマルチ商法詐欺をやらせ、せっせと裏金づくりに励んでた。ところが、フリージャーナリストの久世沙里奈に非合法ビジネスのことを知られそうになった。焦(あせ)った湯川は配下の者に沙里奈を拉致させようとしたが、それは失敗に終わった。で、沙里奈の同性愛の相手である轟麻衣を人質に取った。そして、沙里奈を誘(おび)き出そうとしたが、それもうまくいかなかった。そうこうしてるうちに、このおれが麻衣の失踪事件を調べはじめた。で、スーザンたちアマゾネス軍団のご登場ってわけだ」

「…………」

「ところが、事は思い通りには運ばなかった。湯川は柿崎にインターネットを使った二つの非合法ビジネスをやめさせ、奴の口を封じさせた。そしてアブードに不良イラン人を集めさせ、そいつらを偽イラク人に仕立てて『アラブの聖戦士たち』というテロリスト集団のメンバーを演じさせた。ムハマンドたち十四人のイラン人は城ヶ島を占拠した。そのアイランドジャックで、湯川は日本政府から六百億円をまんまとせしめた。実行犯たちのエアボンベに毒ガスを混入したのは、女コマンドたちなんだろう」

「……………」

若槻は痛みを訴えるだけで、まともに答えようとはしない。土門は若槻の腹を蹴り、さらに謎解き（なぞと）をつづけた。

「城ヶ島の事件で味をしめた湯川は現職自衛官や元自衛官の極道たちを使って、次に京陽医大病院を占拠させた。実行犯グループは北朝鮮の特殊工作員を装って、政府に一千億円のＯＤＡを出させようとした。しかし、総理大臣は要求を呑（の）まなかった。犯人グループが逮捕されたら、いずれ捜査の手は湯川にも伸びてくる。そのことを計算に入れ、湯川はスーザンたちに予（あらかじ）め大学病院にリモコン爆弾を仕掛けさせておいた。それで実行犯を人質もろとも始末したわけだ。そして、今夜、番頭格のアブードを女房と一緒にてめえに毒殺させた。大筋は間違ってねえだろうが！」

「口の中が血でいっぱいなんだ。うまく喋れないいんだよ」

「ざけんじゃねえ！　アブードと湯川の繋（つな）がりを喋ってもらおうか」

「うっ、うーっ」

若槻が返事の代わりに血糊（ちのり）を吐いた。

土門は蕩（とろ）けるような笑みを拡（ひろ）げ、若槻の左脚を撃った。若槻が獣じみた唸り声をあげ、四肢（しし）をさらに縮めた。

「次は腹にぶち込むぜ」

土門は凄み、立ち昇る硝煙を手で払った。火薬臭い煙は躍るように揺れ、ゆっくりと拡散した。

「もう撃たないでくれ。ゆ、湯川先生はアブードと組んで南米やアフリカの小国に武器を売りつけ、アメリカやカナダの特殊部隊にいた戦争のプロたちをスカウトして、傭兵として派遣してたんだ」

「つまり、武器の密売だけじゃなく、傭兵派遣ビジネスもやってたんだな？」

「そうだよ」

「兵器はアブードがパキスタンあたりから仕入れてたのか？」

「パキスタンだけじゃなくて、シリアやヨルダンから各種の兵器を買い付けてたようだ」

「スーザンたち女コマンド集団は、湯川の番犬を務めてるんだろ？」

「身辺護衛だけじゃなく、大女たちはベッドパートナーも務めてるんだ。湯川先生は民族主義者なんだが、なぜか外国の女が好きなんだよ。大柄な女たちをベッドで支配すると、征服欲が充たされるのかもしれないな」

「湯川は汚い手で稼いだ金で、国内のどこかに秘密核ミサイル基地を造る気なんだなっ」

「そ、そこまで調べ上げてたのか⁉」

「やっぱり、そうだったか。場所はどこなんだ？」

「それだけは言えない」

「両脚が不自由になったら、電動車椅子を買うんだな」

「もう片方の脚も撃つ気なのか⁉」

「そういうことだ」

「やめてくれーっ。秘密核ミサイル基地は、御殿場に建設することになってるんだ。先生の新しい別荘の敷地内に地下ミサイル基地を造ることになってるんだよ。もう設計図もできてるし、イスラエルの武器商人から最新型の攻撃ミサイルを買う手筈もついてる」

「いま、湯川はどこにいる？」

「御殿場の別荘にいるはずだよ」

「そこに案内してもらおう」

「撃たれた脚が痛くて、とても歩けない。場所を教えるから、あんたひとりで行ってくれないか」

「甘ったれるんじゃない。早く立ちやがれ！」

「御殿場に行く前に、アブード夫妻の死体をどこかに埋めないと、湯川先生に叱られてしまうよ。あんた、ちょっと手伝ってくれないか」

「てめえ、殺されたいのかっ」

「それだけは勘弁してください」

若槻が横たわったまま、両手を合わせた。

そのすぐ後、急に居間の電灯が消えた。女コマンドの奇襲か。土門は片膝を床に落とし、拳銃のグリップを握り直した。

「早く救(たす)けてくれーっ。脚を撃たれてて、動けないんだ」

若槻が仲間に救いを求めた。

そのとき、テラスに面したガラス戸が数十センチ開けられ、何かが投げ込まれた。ほとんど同時に、大きな爆発音が轟いた。

居間全体が揺れ、マグネシウムが音をたてて高速燃焼しはじめた。閃光(せんこう)が走り、煙が室内に充満した。土門は爆風に煽られ、尻(しり)から床に落ちた。投げ込まれたのは、特殊閃光手榴弾(スタングレネード)だろう。

土門は尻をスピンさせ、テラスの方に体を向けた。

と、右腕を誰かに蹴られた。シグ・ザウエルＰ230ＪＰが吹っ飛んだ。

煙幕の向こうに、黒人のベティが立っていた。

土門はベティにタックルをかけた。ベティにのしかかったとき、首の後ろに尖(とが)った痛みを覚えた。

注射針ではない。麻酔ダーツ弾を撃ち込まれたようだ。

土門は首の後ろに手をやった。指先がアンプルに届いたとき、横から腹と腰を蹴られた。鋭い連続蹴りだった。

土門はベティの上から転げ落ちた。

すぐそばにスーザンが立っていた。麻酔ダーツ銃を握っている。

「おまえ、タフね。でも、もうおしまい。わたしたちの勝ちね」

スーザンが腰に手を当てた。ベティが起き上がり、暗がりの中で若槻に銃弾を数発浴びせた。若槻は短く呻いただけで、ほどなく絶命した。

「湯川は、おれを生け捕りにしろって命じたらしいな。奴は、自分の手でおれを殺るつもりなんだろう。そうはさせないっ」

「お黙り！」

今度はベティが足を飛ばした。空気が縺れる。土門は肩を蹴られ、体を丸めた。その直後、何もわからなくなった。

それから、どれくらいの時間が流れたのか。

モーター音で、土門は自分を取り戻した。大広間の隅に転がされていた。体の自由が利かない。両手と両足首を結束バンドで括られていた。

中央の純白のシャギーマットの上に、スーザンとベティが仰向けになっていた。どちらも全裸だった。

　二人の間に胡坐をかいているブリーフ姿の男は、元防衛大臣の湯川だった。湯川は女たちの性器にバイブレーターを突っ込み、モーターの回転数を微妙に加減していた。

　ここは、御殿場の別荘だろう。

　土門は両手首を捻ってみた。だが、樹脂製の結束バンドは少しも緩まない。足首も動かしてみたが、徒労に終わった。

「気持ちいいんだったら、もっと声をあげなさい」

　湯川が二人の大女を交互に見て、バイブレーターを高く唸らせはじめた。

　そのとたん、スーザンとベティが淫蕩な声をあげた。二人はまるで競い合うように甘やかに呻き、腰をくねらせはじめた。

　スーザンは舌で唇を舐めながら、自分の豊満な乳房をまさぐっていた。ベティは時々、腰を迫り上げた。

「おっさん、おれをどうする気なんだ？」

　土門は湯川に怒鳴った。

「やっと意識が戻ったか」

「どうせおれを始末する気なんだろうが！」

「そういうことになるな。きみは、わたしの秘密を知りすぎた」

「あんただけ娯しんでねえで、おれにもいい思いをさせてくれや。おれ、女好きなんだよ。どっちみち殺すんだったら、その前に大女たちを抱かせてくれ」

「セックスはさせない。しかし、この女たちにサービスすることは許してやろう」

湯川が電動性具のスイッチを切り、おもむろに立ち上がった。

肩透かしを喰ったスーザンとベティが頰を膨らませた。バイブレーターは挿入されたままだった。

湯川が飾り棚に歩み寄り、何かを取り出した。

自動拳銃とニッパーだった。湯川が土門に近づいてきた。迫り出した太鼓腹が不恰好だ。筋肉にも張りがない。老人性の染みも目立つ。

左手に握っているのは、ワルサー・ゲシュタポモデルだった。ドイツ製の最高級拳銃だ。世界に千挺もない名銃である。

「妙な気は起こすなよ」

湯川は銃口を土門に向けながら、ニッパーで縛めを断ち切った。

土門は手首をさすりながら、反撃のチャンスをうかがった。

湯川は抜け目なく退がり、ワルサー・ゲシュタポモデルを右手に持ち替えた。ニッパーは遠くに投げ捨てられた。

「おれに何をしろってんだっ」

「女たちの大事なとこを舐めまくってやれ」

「わかったよ」

土門はシャギーマットの敷かれた場所に歩(ほ)を進めた。湯川が拳銃を構えながら、数メートル後ろから従(つ)いてくる。

「忠実な犬みたいに、あそこ(プッシー)を舐めまくるのよ、オーケー？」

スーザンがからかった。

土門は二人の大女の間に片方の膝をつき、二本の人造ペニスを乱暴に引き抜いた。すぐに片方のバイブレーターを湯川に投げつける。それは湯川の左胸に当たった。

土門はもう一本も投げつけ、湯川に体当たりした。

湯川が後ろに倒れた。土門は組み伏せ、ワルサー・ゲシュタポモデルを奪った。迷うことなく銃口を湯川の左肩に押し当て、引き金を絞った。

銃声が轟くと、スーザンとベティが相前後して跳(は)ね起きた。

「二人とも俯(うつぶ)せになんな。もたもたしてると、もう一発ぶち込むぞ」

土門は大声を張り上げた。二人の大女は顔を見合わせてから、シャギーマットの上で腹這(はらば)いになった。

「国から騙(だま)し取った六百億円はどうした？」

「オーストリア中央銀行の秘密口座(ナンバード・アカウント)に入れてある」

「非合法ビジネスで稼いだ銭(ぜに)は総額でどのくらいになる？」

「二千億円弱だ。悪党刑事の狙いは、どうせ金なんだろうが。きさま、いくら欲しいんだ？」

「有り金をそっくり吐き出す気があるんだったら、何も見なかったことにしてやってもいいぜ」

「きさま、わたしを誰だと思ってるんだっ。わたしは日本国民と国土を守るために私利私欲を棄(す)て、核武装を実現させようとしてる男だぞ」

「臆病な悪人がきれいごとを言うんじゃねえ」

「十億、いや、二十億くれてやろう」

「銭で何でも片がつくと思ったら、大間違いだぜ」

「わたしを撃つ気なのか⁉」

「そうだ。くたばんな」

土門は立ち上がり、湯川の顔面に二発撃ち込んだ。

肉片と鮮血が飛び散った。湯川は即死だった。

土門は銃把から弾倉(マガジン)を引き抜いた。

残弾は二発だった。スーザンとベティは膝立ちになって、何か低く言い交わしていた。

「逃げたら、シュートするぞ」

土門はワルサー・ゲシュタポモデルを手にしながら、二人の大女に歩み寄った。立ち止まるなり、左手で分身を摑み出した。

「おれの男根(ディック)を代わる代わるくわえろ！」

「言う通りにしたら、殺さない？」

スーザンが震え声で訊いた。

土門は無言でうなずいた。スーザンがペニスの根元を握り、亀頭に唇を被(かぶ)せた。土門はベティに笑いかけた。

ベティが仰向けになり、膝を立てた。縮れた陰毛を搔き上げ、指で黒鮑(くろあわび)を連想させる部分を押し開く。黒すぐり色の花びらの奥はピンクだった。

「中は、きれいな色してるな」

「黒人(ブラック)は白人(ホワイト)とは腰の発条(ばね)、全然違うね。あたし、あんたを満足させられる。自信あるよ」

「だから、殺さねえでくれってことか？」

「そう、そうね。あたし、まだ死にたくない」

「考えてみらあ」

土門は生返事をして、スーザンの喉の粘膜を突きはじめた。

少し経つと、欲望は昂まった。

ベティが起き上がり、肩でスーザンを弾き飛ばした。すぐに彼女は土門の陰茎をくわえた。舌技はスーザンよりも巧みだった。

土門は猛り立つと、二人の大女に獣の姿勢をとらせた。スーザンとベティは大きなヒップを並べる形になった。

土門はチノクロスパンツとトランクスを膝の上まで下げ、先にスーザンを後ろから貫いた。

潤みは少なかったが、すんなりと収まった。構造はＢ級だった。全体に締まりが悪い。ただ、天井の部分はざらついている。

土門はそこにペニスを押し当て、ダイナミックに抽送した。

スーザンは、すぐに迎え腰を使った。しかし、一本調子だった。

土門は頃合を見計らって、次にベティと体を繋いだ。内奥はやや緩めだが、ベティの腰の使い方には技があった。スーザンが土門の後ろに回り、すぼまった袋を優しく揉みはじめた。隙を見て、拳銃を奪う気になったらしい。

読みは外れなかった。スーザンが、土門の利き腕に手を伸ばす素振りを見せた。土門は右の肘でスーザンを弾いた。

スーザンが横倒しに転がる。

土門は左腕でベティの腰を引き寄せ、無造作にスーザンの頭部を撃ち抜いた。

その瞬間、ベティが動きを止めた。裸身は強張っていた。

「どうってことないだろうが。ライバルがいなくなったんだ」

「そ、そうね」

「気を入れて励むんだな」

「あたし、あんたの女になってもいい。あんたのこと、好きになりそう」

「そうかい、そうかい」

土門はベティの黒光りしている尻を平手で軽く叩いた。と、ベティは狂ったように腰を弾ませ、ヒップを旋回させはじめた。

「どう？」

「気持ちいいよ」

「あたしも気持ちよくなってきたね。一緒にカムしたい。オーケー？」

「いいとも。おまえに最高のエクスタシーを味わわせてやろう」

土門は、がむしゃらに突きまくった。

快感の波がひたひたと腰の周辺に集まってくる。

ベティが背を波打たせながら、なまめかしい呻き声を洩らしはじめた。土門の背筋が立ち、脳天が白濁（はくだく）した。目も霞（かす）んだ。

土門は射精しながら、ワルサー・ゲシュタポモデルの引き金を無造作に絞った。

ベティの頭が西瓜(すいか)のように砕けた。膣口が一瞬、きつく締まった。だが、すぐに力は緩(ゆる)んだ。

これで幕切れだ。

土門は拳銃を投げ捨て、ベティを突き飛ばした。

本書は二〇一四年六月に廣済堂出版より刊行された『凶悪犯　無敵刑事（デカ）』を改題し、大幅に加筆・修正しました。

本作品はフィクションであり、実在の個人・団体などとは一切関係がありません。

文芸社文庫

追撃　不敵刑事（デカ）

二〇一九年四月十五日　初版第一刷発行

著　者　南英男
発行者　瓜谷綱延
発行所　株式会社　文芸社
〒一六〇－〇〇二二
東京都新宿区新宿一－一〇－一
電話　〇三－五三六九－三〇六〇（代表）
〇三－五三六九－二二九九（販売）
印刷所　図書印刷株式会社
装幀者　三村淳

ISBN978-4-286-20821-3